한여름 밤의 꿈

윌리엄 셰익스피어 지음
이태주 옮김

범우사

한여름 밤의 꿈

초판 1쇄 인쇄 · 2022년 4월 25일
초판 1쇄 발행 · 2022년 5월 3일

지은이 · 윌리엄 셰익스피어
옮긴이 · 이태주
펴낸이 · 김화정
펴낸곳 · 푸른생각

편집 · 지순이 | 교정 · 김수란, 노현정 | 마케팅 · 한정규
등록 · 제310-2004-00019호
주소 · 서울시 마포구 토정로 222 한국출판콘텐츠 402호
대표전화 · 02) 2268-8707
이메일 · prun21c@hanmail.net / prunsasang@naver.com
홈페이지 · http://www.prun21c.com

ISBN 979-11-92149-15-8   03840
값 18,000원

문득 폴란드의 셰익스피어 학자 얀 코트(Jan Kott)가 생각난다. 그는 『셰익스피어는 우리들의 동시대인』이라는 책을 써서 전 세계 연극인들과 셰익스피어 전문가들을 놀라게 한 사람이다. 〈리어 왕〉과 〈한여름 밤의 꿈〉의 실험적인 무대를 만들어서 현대 연극사에 새 장을 연 영국의 연출가 피터 브룩의 업적도 얀 코트의 이론적 뒷받침이 없었으면 불가능했다. 얀 코트는 뭐니 뭐니 해도 방대하고 웅장하고 어려워서 접근하기 힘들어 보이는 세계문화의 유산 셰익스피어를 우리 곁으로 가깝게 끌어온 재능 때문에 그 빛나는 공로를 인정받고 있다. 그는 셰익스피어를 우리 동네 옆집 아저씨처럼 친근감을 느끼도록 만들어주었다.

그가 한국에 온 적이 있다. 그는 딱딱한 학술 강연보다는 우리나라 남대문시장을 더 좋아했다. 남대문시장의 사람들, 활력, 그 벌거벗은 삶의 소용돌이에 도취되어 떠날 줄 몰랐다. 셰익스피어가 다룬 드라마는 그의 눈으로 볼 때에는 언제나 국경을 초월해서 우리 주변에 손에 잡힐 듯이 깔려 있었다. 그가 한 말 가운데서 흥미로운 것은 빅토르 위고에 관한 것이다.

프랑스의 대문호인 위고는 1850년대 말 채널 아일랜드에 유배당한 적이 있다. 위고는 아들과 함께 어느 겨울날 바닷가를 걷고 있었다. 그는 암담한 심정이었다. 아들도 절망적이었다. 아들이 아버지에게 "이번 유배를 어떻게 생각하세요?"라고 묻자 위고는 대답했다. "오래 걸릴 것이다." 침묵이 흘렀다. "어떻게 지내시겠어요?" 아들의 질문이다. "바다를 보면서 지내겠다. 너는 뭘 할래?" 위고는 궁금했다. "셰익스피어를 번역하지요." 아들의 답변이었다. 위고의 아들은 나중에 유명한 셰익스피어 번역가가 되었다.

얀 코트가 전해준 이 에피소드에서 내가 강하게 느낀 것은, 셰익스피어는 그 당시 위고를 껴안아준 바다였다는 사실이다. 그리고 그의 불운했던 정치적 유배는 고통스러운 현실이었다. 그 바다는 지금도 영원하다. 그러나 우리의 현실은 변하고 있다. 각자의 현실도 변하고 있다. 위고의 현실도 변하고 있었다. 셰익스피어의 문학은 위고가 유배된 현실 속에서는 그의 동시대인이었다. 내가 전란 중에 포탄 속에서 읽었던 셰익스피어는 나의 동시대인이었고, 나의 암담했던 현실을 비춰보는 거울이었다. 셰익스피어의 시간과 나의 현실, 이 두 시간이 서로 밀접한 정신적인 관계를 맺고 있으면 셰익스피어는 누구에게나 친근한 동시대인이 될 수 있다.

읽으면 읽을수록 참으로 재미있고 매혹적이고 유익한 셰익스피어와 동시대인이 되며 그가 우리와 친근한 이웃이 되도록 도와주는 일은, 누구나 쉽게 읽을 수 있는 번역을 하는 일이요, 해설을 써서 보급하는 일이라 생각한다. 그러나 이 일이 결코 쉬운 일이 아니다. 푸른사상사에서 지금 이 책이 새로 나오는 일도 나는 기적을 보는 느낌이다. 〈당신이 좋으실 대로〉는 동양 텔레비전이 있었을 때, BBC 셰익스피어 시리즈로 방영하기 위해 번역한 대본이다. 우리가 말하는 입술의 움직임에 맞추면서 번역하느라고 적잖이 고생했는데, BBC 셰익스피어 대본은 원래 텍스트에서 군살을 뺀 압축 대본이다. 무대에 올리거나 방송하기 좋게 다듬어진 것이어서 그 나름대로 이용가치가 있으리라 생각한다.

1996년 9월 22일 일요일, 로스앤젤레스 타임에 나의 눈을 활짝 뜨게 만든 기사가 났다. "원래의 극장이 문을 연 지 300년, 현대판 글로브극장이 셰익스피어에 대한 활기찬 접근을 장려하고 있다"라는 제목의 윌리엄 몬탈바노 기자가 쓴 런던발 대형 특집기사였다. 기사 한가운데 큼직한 사진이 게재되어 있었다. 개관 기념 공연인 〈베로나의 두 신사〉 개막을 기다리는 관객들이 극장 내부를 가득 메운 광경이었다. 그 사진 아래 중간 타이틀이 있었다.

"셰익스피어가 이렇게 재미있는지 몰랐어요." 15세 미국인 소년이 말했다.

기사 내용은 이런 것이었다.

블루 진을 입은 미국인 틴에이저 세 명이 새로 개관하는 런던의 글로브극장에 나타났다. 안내원은 이 소년들에게 말했다. "극장 안에서 마음껏 떠들고 고함을 지르세요."

놀라운 일이었다. 다른 극장 같았으면 손가락을 입에 대고 "쉿!" 할 터인데. 셰익스피어가 그의 작품을 공연하던 옛 글로브극장 터에 복원한 이 극장에는 삼등석 노천 객석 '그라운들링'이 있다. 옛날 옛적 귀족 신사들은 옥내 객석에 점잖게 폼을 잡고 앉아 있었지만 일반 서민 대중들은 싼 입장료를 내고 이 마당 객석에서 눈이 오나 비가 오나 서서 연극을 관람했다. 흥청거리던 엘리자베스 시대, 런던 잡놈들은 모두 신이 나서 이곳에 모여들었다. 소매치기, 잡상배들, 창부들, 싸움패들, 건달들, 어린애들, 아낙네들, 오입쟁이들…… 그야말로 극장은 인생의 무대요, 넓은 세계의 축도(縮圖)였다. 이들 삼등석 인간들은 연신 해바라기씨를 까먹으면서 요란하게 고함을 지르며 법석을 떨고 우왕좌왕했다.

당시의 연극은 대낮에 반 옥외 반 옥내 극장에서 공연되었다. 지금처럼 객석의 불빛이 천천히 페이드아웃되면서 극장에 침묵이 깔리는 것이 아니다. 언제나 떠들썩한 소음 속에서 연극은 시작되었다. 셰익스피어 작품의 1막 1장의 서두가 한결같이 요란한 음향효과라든가, 분주하게 움직이는 사람들의 집단 장면으로 개막되는 이유는 이토록 시끄러운 관객들의 소음을 죽이기 위해서 고안된 개막 신호인 것이다. 연극이 진행되는 동안에도 이들은 가만히 있지 않았다. 연극이 신나면 박수를 치고, 시시껄렁하면 집어치우라고 휘파람을 불었다. 아주 민감하고 활기에 넘친 관객들이었다.

아버지를 따라 역사적인 개관 공연을 보러 온 미국의 틴에이저들은 옛날로 돌아가, 옛날의 관객이 될 수 있었다. 그들은 웃고, 울고, 고함을 지르면서 마음껏 신명을 낼 수 있었다. 관극을 끝낸 15세 소년에게 셰익스피어는 너무나 재미있는 존재가 되었다. 이것은 문화적 사건이다.

셰익스피어는 1616년 4월 23일 세상을 떠났다. 템스강 기슭에 글로브극장이 건립된 해가 1599년이다. 그 이후 이 극장은 화재로 소실되었는데 1614년 재건되었다. 셰익스피어의 명작들이 이 극장에서 공연되었는데, 목조건물이었기 때문에 세월을 지탱하지 못하고 사라지고 땅만 남은 곳에 미국의 배우이며 연출가인 샘 워너메이커(Sam Wanamaker)의 25년간에 걸친 집념의 투쟁이 결실을 맺어 원형이 재현되었다. 그는 오늘의 개관을 보지 못한 채 1993년 타계했다. 그는 이 극장이 옛 모습대로 복원되어 옛날처럼 공연이 이루어지기를 바랐으므로 무대조명은 자연광선을 이용하도록 만들었으며, 대소도구, 장치 등은 최소로 줄였고, 마이크도 커튼도 달지 않았다.

셰익스피어는 가고 없다. 그의 자손도 대를 잇지 못했다. 그러나 그는 남았다. 그의 희곡작품이 있기 때문이다. 그는 남았다. 글로브극장이 있기 때문이다. 그는 남았다. 15세 소년의 감동이 있기 때문이다.

2021년 12월
옮긴이 이태주

한여름 밤의 꿈

A Midsummer Night's Dream

등장인물

테세우스_ 아테네의 공작

히폴리타_ 아마존의 여왕, 테세우스의 약혼녀

에게우스_ 노인, 허미아의 아버지

라이산더_ 허미아를 사랑한다.

디미트리우스_ 허미아를 사랑한다.

허미아_ 에게우스의 딸, 라이산더를 사랑하고 있다.

헬레나_ 디미트리우스를 사랑하는 처녀

필로스트레이트_ 테세우스의 축제준비위원장

오베론_ 요정의 왕

티타니아_ 요정의 여왕

요정_ 티타니아의 시녀

퍼크_ 로빈 굿펠로라고도 불리는 작은 요정

콩꽃 / 거미줄 / 부나비 / 겨자씨_ 요정들

피터 퀸스_ 목수

니크 보톰_ 직조공

프랜시스 플루트_ 풀무 수리공

톰 스나우트_ 땜장이

스너그_ 소목장이

로빈 스타블링_ 재봉사

요정의 왕과 왕비의 시중을 드는 다른 요정들

테세우스와 히폴리타의 시중을 드는 시종들

장소

아테네, 그리고 그곳에서 멀지 않은 숲

제1막

제1장 아테네. 테세우스의 궁전

테세우스, 히폴리타, 필로스트레이트 및 시종들 등장.

테세우스 아름다운 히폴리타, 우리들의 결혼 날이 다가오고 있어요. 즐거운 나날을 나흘만 지나면 초승달이 뜨겠죠. 하지만 세월의 흐름은 황소걸음이어서 소원 성취가 더디기만 하네! 마치 계모나 미망인의 유산을 의붓아들이 기다리는 것 같아.

히폴리타 나흘 동안의 한낮은 이윽고 밤의 어둠 속에 녹아들 것이며 나흘 동안의 밤은 순식간에 꿈이 되어 사라질 것입니다. 그렇게 되면 초승달이 은빛 활처럼 팽팽히 당겨져 높이 밤하늘에 걸려 우리들 혼례의 밤을 지켜줄 것입니다.

테세우스 가거라, 필로스트레이트, 아테네 젊은이들의 마음을 즐겁게 들뜨게 해서 생생한 쾌락의 정신을 일깨워주고 오너라. 울적한 마음은 장례식에 맡기면 된다. 창백한 얼굴은 우리들의 축제에 어울리지 않는다. (필로스트레이트 퇴장)

히폴리타, 나는 이 칼로써 당신의 사랑을 구했으며, 거친 행동으로써 당신의 마음을 사로잡았소. 하지만 결혼 예식만은 취향을 달리해서 화려하게, 성대하게, 즐거운 잔치 기분을 내고 싶소.

에게우스, 허미아, 라이산더, 디미트리우스 등장.

에게우스 고명하신 테세우스 공작 각하, 축복을 빕니다!

테세우스 감사하오, 에게우스, 무슨 일이라도 있었소?

에게우스 큰일 났습니다. 실은 저의 딸 허미아가 속을 썩이기에 호소하러 왔습니다. 디미트리우스, 앞으로 나서게. 각하, 이 사람은 제가 딸을 주기로 동의한 사람입니다. 라이산더, 이리 나서. 각하, 이 사람은 제 딸자식의 마음을 사로잡은 사람입니다. 라이산더, 자네는 내 딸에게 사랑의 시와 사랑의 기념품을 안겨줬지. 달밤이면 내 딸의 창가에 몰래 와서, 꾸민 목소리로 거짓 사랑을 늘어놨지. 딸의 가슴속에 너의 모습을 새겨두기 위해 너의 머리칼로 짠 팔찌라든가 반지, 싸구려 물건, 장식품, 장난감, 꽃다발, 과자 부스러기로 순진한 내 딸의 마음을 송두리째 앗아갔어. 연약한 내 딸의 마음을 헝클어놓기 위해 계속해서 심부름꾼을 보냈지. 너는 그토록 엉큼한 수작을 부려 딸의 마음을 훔치고, 이 어버이를 섬기던 유순한 딸을 배은망덕한 불효 자식으로 만들어놓았단 말이야. 각하, 만약에 제 딸이 공작님 앞에서 제가 선택한 디미트리우스와의 결혼에 동의하지 않는다면 옛부터 전해오는 아테네의 특권을 저에게 허락해주십시오. 이 딸은 저의 살붙이기에 제가 마음대로 처리하도록 허락해주십시오. 즉, 이 같은 경우 해당되는 아테네 법

에 따라 제 딸이 이 젊은이를 택할 것인가, 아니면 죽음을 택
할 것인가 양자택일하도록 내버려두었으면 합니다.

테세우스　어떤가, 허미아, 잘 생각해보아라. 네게 있어 어버이는 하느
님과 같다. 네 아름다움을 만들어주셨기 때문이다. 그렇다. 그
어버이 하느님에 비하면 너는 밀랍 인형에 지나지 않아. 오늘
의 네 모습이 되게 만들어주신 분이 바로 그 어버이 하느님이
기에 네 모습을 그대로 두거나 부수는 일도 그분에 달려 있다.
디미트리우스는 훌륭한 신사가 아닌가.

허미아　라이산더도 그러하옵니다.

테세우스　그 사람도 그 사람 나름대로 훌륭하다. 그러나 결혼을 위한
부친의 동의를 얻을 수 없기 때문에 디미트리우스가 더 훌륭
하다.

허미아　아버지께서 제 눈으로 그분을 보아주셨으면 합니다.

테세우스　아니다. 너야말로 부친의 분별심으로 세상을 보아야 한다.

허미아　부탁입니다. 공작 각하. 용서해주십시오. 어떤 힘이 용솟음쳐
저를 이토록 대담하게 만들었는지 모르겠습니다. 또한 여러
어른들 앞에서 제 소견을 토로하는 일이 처녀의 신중성에 어
긋나는 일인지도 모릅니다. 하지만 부탁입니다. 공작 각하, 가
르쳐주십시오, 만약에 제가 디미트리우스와의 결혼을 거역한
다면 얼마만큼 무거운 벌을 받게 되는지요?

테세우스　둘 중에 하나가 된다. 사형을 받든가, 영원히 세상 사람들과
단절되든가. 그러니 허미아, 네 가슴에 물어보렴. 네 젊음에,

정열에 물어보렴. 부친이 선택한 남자와 결혼하지 않을 땐, 너는 수녀의 옷을 걸치고 어둠침침한 수녀원 속에 영원히 갇혀, 싸늘하고 외로운 달의 여신에게 부질없이 기도의 노래를 읊조리며 불임녀(不姙女)의 일생을 마쳐야 한다. 이 일을 견딜 수 있겠는가. 너의 욕정을 누르며 처녀의 일생을 살아갈 수 있다면 하늘의 축복을 받은 셈이다. 하지만 장미꽃은 향수가 되어 그 향기를 남겨놓을 때, 지상의 행복을 누릴 수 있는 것이다. 장미 가시로 보호받으며 독신의 축복 속에서 자라나 살아가다가 시들어 죽어버리는 일은 더욱 불행한 일이 아니겠는가.

허미아   그렇게 자라며, 살다가 죽어버리겠습니다. 처녀로서의 특권을 싫어하는 남편에게 바치고, 달갑지 않은 결혼에 저의 영혼을 바치며 평생을 사는 것보다는 그게 한결 나은 일입니다.

테세우스   신중히 생각해보아라. 초승달이 뜨면 사랑하는 히폴리타와 나는 영원한 동반자의 약속을 맺게 된다. 그날이 오면, 너도 결심을 해야 한다. 부친을 배반하여 불효의 죄로 죽든가, 아버지의 명을 받들어 디미트리우스와 결혼하든가, 아니면 처녀신 디아나의 제단에 무릎을 꿇고 한평생 독신으로 살아가든가 선택해야 한다.

디미트리우스   허미아, 고집을 버려요. 라이산더, 단념해. 나의 정당한 권리를 인정해다오.

라이산더   너는 아버지의 사랑을 받고 있어. 디미트리우스, 허미아는 내게 맡겨두고 아버지하고나 결혼하지.

에게우스   라이산더, 괘씸한 놈. 옳은 얘기다. 나는 디미트리우스를 좋
아해. 내 것은 내가 좋아하는 사람에게 주고 싶다. 허미아는
내 것이다. 따라서 딸에 대한 나의 권리를 나는 디미트리우스
에게 양도하려고 한다.

라이산더   각하, 저의 가문이나 재산이 이 남자보다 못합니까? 허미아
를 사랑하는 마음이 이 남자보다 못합니까? 저의 신분이 디미
트리우스보다 낮지 않다 하더라도 동등하다고는 생각합니다.
그리고 무엇보다도 자랑스러운 일은 제가 아름다운 허미아의
사랑을 차지하고 있다는 사실입니다. 이 때문에 저는 사랑의
권리를 주장합니다. 저는 그의 면전에서 단언할 수 있습니다.
디미트리우스는 네다의 딸 헬레나와 사랑에 빠져, 그녀의 마
음을 사로잡고 있습니다. 가련한 헬레나는 더럽고 변덕스러
운 이 남자에 흠뻑 빠져, 홀딱 반해서 헌신적으로 디미트리우
스를 숭배하고 있습니다.

테세우스   실은 나도 그 얘기를 들은 적이 있다. 그래서 디미트리우스
와 그 일에 관해서 얘기를 해야겠다고 생각했다. 하지만 요즘
내 마음은 나 자신의 일로 바쁘기만 해서 여의치 않았다.
디미트리우스, 그리고 에게우스, 함께 나를 따라오게. 두 사람
에게 은밀히 할 얘기가 있다. 그리고 허미아, 너는 부친을 애태
우게 하지 말고 부친의 뜻에 따르도록 하라. 그러지 않으면 아
테네의 법에 따라 이 일만은 나도 적당히 얼버무릴 수 없는 일
인데, 사형이냐, 독신이냐를 판가름해야 한다. 갑시다, 히폴리

타. 어찌 된 일이오, 아름다운 얼굴에 먹구름이 끼었으니? 디미트리우스, 에게우스, 따라오너라. 나와 히폴리타의 결혼식 준비로 너희들에게 부탁할 일도 있고, 너희들 자신의 일로 상의할 것도 있다.

에게우스 분부대로 따르겠습니다.

　　　라이산더와 허미아만 남겨두고 일동 퇴장.

라이산더 어찌 된 일이오, 허미아. 뺨이 창백해졌네? 장미꽃이 이토록 금세 퇴색할 수 있나요?

허미아 비가 내리지 않았기 때문이죠. 그 비를 내 눈에서 폭풍우처럼 왈칵 쏟겠어요.

라이산더 당치 않은 소리! 지금까지 숱한 책을 읽어봤지만, 진정한 사랑이 평온무사하게 진행된 경우는 없어. 반드시 장애물이 있게 마련이야. 예컨대 신분에 차이가 난다든가.

허미아 불행한 일이네요! 신분의 차이로 사랑을 못 한다니.

라이산더 아니면 연령의 차이가 난다든가.

허미아 괴로운 일이네요! 연령 차이로 사랑을 못 한다니.

라이산더 그렇잖으면 집안 식구들로부터 선택을 강요당한다든가.

허미아 고약한 일이네요! 타인의 눈으로 연인을 택하다니.

라이산더 아니면 마음대로 선택해서 결합하더라도, 전쟁이나 죽음이나 질병 때문에 사랑은 흔적도 없이 사라져버리는 거야 ― 소리처럼 하염없이, 그림자처럼 빠르게, 꿈결처럼 짧게. 일순간

하늘과 땅을 밝게 비추더니, '저것 봐!' 하는 말이 떨어지기도 전에 번쩍이는 번개는 어둠의 아가리 속으로 빨려 들어가, 아름다움은 순식간에 멸망하는 법이지.

허미아 진정한 사랑이 끊임없이 방해를 받는다면 그것은 요지부동한 운명주의 법칙이죠. 그렇다면 고민하는 우리 마음에 인내를 가르칩시다. 방해 받는 일이 사랑의 일상사라 한다면, 고통은 사랑과 함께 있는 법. 그리움도 꿈도 한숨도 희망이나 눈물마저도 가련한 사랑의 동반자들이군요.

라이산더 좋은 생각이야. 그러니 허미아, 내 얘기를 들어보오. 내게는 숙모 한 분이 계셔. 미망인이지만 재산은 있고 아이들은 없어. 아테네로부터 칠 마일 떨어진 시골에 살고 있는데, 나를 마치 외아들처럼 아껴주시지. 그곳에만 가면, 허미아, 나는 당신과 결혼할 수 있어. 가혹한 아테네의 법률도 그곳까지는 우리들을 쫓아오지 못할 거야. 나를 사랑한다면, 내일 밤 아버지 집을 몰래 빠져나와 마을에서 일 마일 떨어진 숲에서, 오월제 아침 우리들이 헬레나와 만났던 그 숲속에서 우리 만나도록 하자.

허미아 라이산더, 가겠어요. 맹세하겠어요. 큐피드의 가장 억센 활을 두고, 금촉이 달린 제일 좋은 화살을 두고, 비너스의 청순한 비둘기를 두고, 영혼과 영혼을 결합해서 사랑을 성취시키는 신을 두고, 배신한 트로이 사람 아이네이아스가 배를 타고 가버리자 카르타고의 여왕 디도가 몸을 던진 그 불길을 두고, 여자들이 맹세하고 깨뜨린 숫자보다 더 많은 남자들이 맹세하고 깨뜨린 모든 맹세를 두고, 방금 당신이 말한 그 장소에서 내일 밤 어김없이 만날 것을 맹세하겠어요.

라이산더   허미아, 약속을 지켜줘. 아, 헬레나가 오는군.

    헬레나 등장

허미아   어여쁜 헬레나, 잘 있었니? 어디로 가?

헬레나   너 나보고 예쁘다고 했니? 다시는 그런 소리 하지 마라! 디미트리우스가 사랑하는 사람은 어여쁜 너지. 아아, 행복하고 아름다운 너지! 너의 눈은 저 하늘의 북극성, 너의 혀는 황홀한 음악, 보리잎이 푸를 때, 아가위 꽃봉오리 시들어버릴 때, 양치기 아이 귀에 들려오는 종달새 소리보다도 더 아름다운 음악. 옮기기 쉬운 질병처럼 너의 아름다움도 옮길 수 있다면, 나의 귀에 목소리를, 나의 눈에 너의 아름다운 눈을, 나의 혀에 너의 혀가 울리는 달콤한 멜로디를 옮겨다오. 이 세상이 나의 것이라면, 디미트리우스는 빼놓고 나머지는 몽땅 네게 줄 테니, 가져도 좋아. 오, 나에게 가르쳐다오. 너는 어떤 눈짓으로, 어떤 수단으로 디미트리우스의 마음을 사로잡았는가.

허미아   오만상을 다 찌푸려도 그이는 나를 좋아한단다.

헬레나   아, 찌푸리는 네 얼굴이 나의 웃는 얼굴에 있었으면 좋으련만!

허미아   온갖 악담을 다 해도 그이는 나를 좋아한단다.

헬레나   아, 나의 기도가 너의 악담처럼 사랑을 불러일으켰으면 좋으련만!

허미아　싫어하면 싫어할수록 그이는 나를 쫓아다닌단다.

헬레나　사랑하면 할수록 그이는 나를 미워해.

허미아　헬레나, 그의 못난 짓은 내 책임이 아니야.

헬레나　너의 아름다움 때문이지. 그것이 내 탓이었다면 얼마나 좋을까!

허미아　걱정하지 않아도 돼, 두 번 다시 내 얼굴을 보지 못할 테니. 라이산더와 나는 이곳을 벗어나 도망갈 거야. 라이산더를 만나기 전에 이곳 아테네는 나에게 낙원이었어. 하지만 이 사람에게 어떤 마력이 있어서인지 아테네의 천국이 지옥으로 돌변했어!

라이산더　헬레나, 너에게 우리 마음을 몽땅 털어놓겠다. 내일 밤 달의 여신 피비가 은빛 얼굴을 물 위에 비출 때, 그리고 풀잎이 진주 이슬로 치장을 할 때, 연인들이 사랑의 도피를 한다 해도 아무도 모르는 그 시간에, 우리들은 아테네 성문을 빠져나갈 작정이다.

허미아　(헬레나에게) 너와 내가 앵초꽃 꽃밭에 누워 속맘을 털어놓고 속삭이던 그 숲속에서, 라이산더와 나는 만날 예정이야. 그 이후에는 두 번 다시 아테네에 돌아오지 않고, 낯선 친구들을 찾아 정처 없는 나그네 길을 떠날 결심이다. 잘 있어, 헬레나. 우리 둘을 위해 기도해줘. 너도 디미트리우스와 행복하게 맺어지길 바란다! 약속을 지키세요, 라이산더. 내일 밤까지 우리는 사랑하는 님을 볼 수 없겠군요. (허미아 퇴장)

라이산더 약속을 지키겠다. 허미아. 헬레나, 잘 있어요. 디미트리우스
가 그대를 사랑하도록 기원하오. (라이산더 퇴장)

헬레나 사람에 따라 행복감이 이토록 다를 수 있다니! 아테네에서는
나의 미모도 그녀에게 떨어지지 않는데, 디미트리우스는 그렇
게 생각해주지 않는단 말이야. 온 세상 사람들이 알고 있는 사
실을 그 사람만 믿지 않고 있어. 그는 허미아에 넋을 잃고, 과
오를 저지르고 있지. 내가 그의 좋은 점에 끌리는 것도 마찬가
지 일이야. 천박하고 추악하고 모양이 없어도 사랑은 아름답
고 멋진 것으로 바꿔놓는단 말이야. 사랑은 눈으로 사물을 보
는 것이 아니라 마음으로 본다네. 그러기에 날개 단 큐피드는
장님으로 그려져 있어. 사랑하는 마음에는 분별심이 없지. 그
래서 무분별을 표시하기 위해 날개는 있지만 눈은 없어. 연인
을 선택하는 일은 속기 쉬운 일이기 때문에 사랑의 신 큐피드
는 어린아이인 거야. 익살맞은 어린이는 장난삼아 함부로 거
짓말을 늘어놓지. 그래서 사랑의 신은 늘상 거짓 맹세를 한다
네. 디미트리우스도 허미아를 보기 전에는 내게 사랑의 맹세
를 우박처럼 퍼부어댔어. 하지만 그 우박도 허미아의 열을 받
은 후에는 사람도 녹아버리고, 우박 같은 맹세도 녹아버렸지.
옳거니, 그이에게 허미아의 사랑의 도피를 알리자. 틀림없이
그는 허미아를 잡으려고 내일 밤 그 숲속으로 뛰어갈 것이다.
이 일을 알려주면 그는 내게 감사하겠지만, 나는 큰 상처를 입
을 뿐이야. 그 일로 오가는 그의 모습을 볼 수는 있지만, 사랑

으로 애타는 나의 고통은 더욱 심해질 것이다.

제2장 퀸스의 집

퀸스, 스너그, 보톰, 플루트, 스나우트, 스타블링 등장.

퀸 스 다들 모였나?

보 톰 대본을 보고 일괄해서 한 사람 한 사람 이름을 부르는 것이 좋을 걸세.

퀸 스 이 대본에는, 공작 각하의 결혼식 날 두 분 앞에서 우리들이 한마당 펼칠 연극 속에 등장할 만한 사람들 이름을 아테네를 통틀어 골라서 적어놨어.

보 톰 피터 퀸스, 우선 줄거리가 무엇인지 들려주게. 그리고 나서 배역을 말하고, 핵심으로 파고들자고.

퀸 스 좋아. 이 연극은 가장 슬픈 희극으로서 피라모스와 티스베의 처참한 죽음일세.

보 톰 그거 신바람 나는 연극이네. 내가 보증하지. 자, 피터 퀸스, 그 대본을 보고 배우 이름을 불러봐. 자, 모두들 널찍이 흩어져.

퀸 스 부르는 대로 대답해. 직조공 니크 보톰?

보 톰 피라모스가 뭔데? 애인인가? 폭군인가?

퀸 스 애인이야. 사랑 때문에 용감하게 죽지.

보 톰   그 역을 제대로 하면 울음바다가 되겠군. 내가 연기하면 관객들은 눈알을 조심해야 돼. 소낙비 같은 눈물을 쏟도록 할 테니. 슬픔 속에 흠뻑 빠져보자. 그건 그렇고, 다음은 ─ 한데 내 장기는 폭군 역인데, 헤라클레스 역은 천하일품이지, 아니면 고양이를 찢어 죽이는 난폭한 역도 기막히게 해낼 수 있어.

우람한 암석이 무섭게 터져
지옥문의 자물쇠를 박살 내니
피버스 태양신의 수레 멀리서 비치면
어리석은 운명의 여신들
여지없이 우롱당하리

어때, 장엄하지. 자, 다음은 나머지 배역의 이름이다. 이것은 헤라클레스식 어조다. 폭군의 어조다. 연인 역은 애상조(哀傷調)가 되어야 해.

퀸 스   풀무장이 프랜시스 플루트?

플루트   여기요, 피터 퀸스.

퀸 스   플루트, 너는 티스베 역을 해줘.

플루트   티스베는 누군데? 방황하는 기사인가?

퀸 스   피라모스가 사랑하는 여인이야.

플루트   맙소사, 여자 역은 질색이다. 턱수염이 나고 있어.

퀸 스   상관없어. 가면을 쓰니깐. 목소리만 가늘게 뽑으라고.

보　톰　얼굴을 숨기고 한다면 티스베 역을 내가 할래. 무섭게 가느다란 목소리를 내볼 테니. 들어봐 이렇게 해낼 테다.

'피라모스, 나의 사랑, 나의 님이여! 당신의 사랑스러운 티스베, 당신의 연인!'

퀸　스　안 돼, 너는 피라모스를 해야 돼. 플루트, 네가 티스베다.

보　톰　그렇다면, 계속 진행하거라.

퀸　스　재봉사 로빈 스타블링!

스타블링　여기 있네.

퀸　스　로빈 스타블링, 자네는 티스베의 어머니 역할을 해주게. 톰 스나우트, 땜장이!

스나우트　여기다, 피터 퀸스.

퀸　스　너는 피라모스의 아버지 역이다. 나는 티스베의 아버지 역이야. 소목장이 스너그, 너는 사자 역이다. 이것으로 배역은 끝났다.

스너그　대사는 준비됐나? 돼 있으면 이리 주게. 나는 아둔해서 외우는 일이 더뎌.

퀸　스　너는 즉흥적으로 하면 돼. 으르렁대는 일밖에 없어.

보　톰　나도 사자를 하고 싶다. 나는 으르렁댈 수 있어. 들으면 오싹해지도록 짖어댈 수 있어. 내가 으르렁거리며 짖어대면 공작 각하는 말할 거다. '한 번만 더 짖어보라, 한 번만 더 짖어보라!'

퀸　스　네가 너무 무섭게 짖어대면 공작부인이나 귀부인들이 비명을 지를 것이다. 그렇게 되면 우리들 목이 댕강 날라가.

일 동 맞다 맞아. 모두가 교수형 감이야.

보 톰 하기야 귀부인들이 놀라 자빠지면, 제정신을 잃고 우리들 목을 날릴 것이다. 그럼 아주 부드럽게 짖어서 귀여운 비둘기나 사랑스러운 꾀꼬리 같은 소리를 낼게.

퀸 스 자네는 피라모스를 해야 돼. 피라모스는 미남인 데다 신사이고 멋쟁이란 말이야. 그러니 자네밖에 할 사람이 없네.

보 톰 좋아. 내가 할게. 그런데 어떤 수염을 달아야 할까?

퀸 스 그건 자네 멋대로 하게나.

보 톰 밀짚 빛깔로 할까, 주황빛으로 할까. 아니면 보랏빛 물감을 들인 수염으로 할까. 샛노란 프랑스 금화빛 수염은 어떨까?

퀸 스 프랑스 금화엔 매독 때문에 털이 없네. 수염 없이 하는 거야. 그건 그렇고, 모든 역의 대사를 여기 써놓았다. 여러분에게 간청하고 요망하고 탄원하는 일인데, 내일 밤까지 대사를 암기해주게. 마을에서 일 마일 거리에 있는 궁전의 숲에서 만나자. 달빛을 받으며 그곳에서 연습을 한다. 마을 한복판에서 하면 사람 등쌀에 치여 모처럼 준비한 계획이 탄로 나기 쉽다. 내일까지 나는 연극에 필요한 소도구 일람표를 만들어두겠다. 알겠지. 잊지 말고 꼭 와야 돼.

보 톰 물론이지. 그곳이라면 용기를 내서 실컷 음탕하게 연습을 할 수 있어. 자, 힘들 내자. 철저하게 해내자. 안녕, 안녕!

퀸 스 만나는 장소는 공작 각하네 떡갈나무 아래다.

보 톰 알았어. 꼭 가겠네.

제2막

제1장 아테네 근교의 숲

요정과 퍼크, 각각 반대편에서 등장.

퍼 크 여봐, 요정아! 어디로 가느냐?

요 정 산 너머, 계곡 너머

덤불 뚫고 가시밭 지나

동산을 지나 담을 넘고

시냇물 헤치고 불길 지나

나는 가요, 가요.

달보다 빠른 나래를 타고.

요정 여왕님 분부 받들어

풀밭에 그리는 이슬의 원(圓).

키다리 앵초꽃은 여왕님 시종,

금빛 코트에 고마우신 은혜

루비 보석의 장식 붙네.

그곳에 넘실대는 향기로움이여.

나는 이곳에서 싱그러운 이슬방울 찾아야 해. 앵초꽃 귓바퀴 하

나 하나에 진주를 매달아야지. 안녕히 가세요, 장난꾸러기 요정들,

나도 갈게요, 여왕님 요정들은 이곳에 옵니다.

퍼 크 오베론이 오늘 밤 이곳서 잔치상 펼치니까, 여왕님이 우리 주인 눈에 띄지 않도록 조심해야 돼. 오베론은 요즘 심기가 사나우셔. 그 까닭은 여왕님이 인도 왕으로부터 귀여운 소년을 훔쳐와서 시종으로 삼았기 때문이야. 여왕님은 그토록 귀여운 소년을 지금까지 만나본 적이 없어. 시기심 많은 오베론은 그 소년이 탐이 나서 사냥 갈 때 그 소년을 시종 삼고 싶었대. 하지만 여왕님은 그 소년을 내놓고 싶지 않아서 화관을 머리에 씌우고 귀여워했지. 그래서 두 분은 얼굴을 맞대기만 하면 언제나 숲속이든 들판이든, 샘터이건, 별이 빛나는 밤이든 막무가내로 싸움질이지. 그래서 요정들은 겁에 질려, 도토리 속에 몸을 숨기고 있어.

요 정 내가 잘못 보지 않았다면 너는 꾀 많은 장난꾸러기 요정 로빈 굿펠로 아니냐. 마을 처녀들을 놀라게 하고, 아낙네들이 젓는 우유를 엎질러서 허탕치게 하며 고생시키는 요정이지. 또 때로는 맥주 거품을 일지 않게 만들고, 밤길 가는 나그네를 헤매게 하며, 어리둥절 난처해하는 사람을 보고 좋아라 웃어대기도 하지. 너를 보고 뜨내기 요정이라든가, 귀여운 퍼크라고 불러주는 사람에게 너는 도움을 주어 행운을 몰아다 주기도 하는데, 너는 퍼크지?

퍼 크 네 말이 맞다. 내가 바로 밤을 헤매는 유쾌한 방랑자다. 나는 오베론의 어릿광대다. 남을 웃기는 일을 한다. 어린 암말로 둔 갑하여 히힝 울면서 콩밥으로 살찐 정력적인 숫말을 속이기도 하고, 때로는 구운 사과로 변해서 떠버리 할매의 약주 속에 스며들어, 술잔을 기울일 때 입술을 쥐어박아 시들은 목덜미 군살에 술을 엎지르기도 한다. 때로는 영리한 할매가 구슬픈 얘기를 할 때, 나를 삼각의자로 착각하여 앉으려 하면, 재빨리 몸을 피해 비켜선다. 할매는 털썩 주저앉으며 '에이 빌어먹을' 하고 외마디 고함 소리를 지르고 쿨럭쿨럭 기침 소리를 낸다. 이것을 보고 주위 사람들은 우스워서 허리를 잡고 웃어대다가, 재채기를 하며 그렇게 재미있는 일은 처음이라고들 하지. 어서들 비켜라, 오베론이 오신다.

요 정 여왕님도 오시네. 임금님이 안 계시면 좋을 텐데.

　　오베론이 한편에서 시종들과 함께 등장하며, 다른 편에서는 티타니아가 시중드는 요정들과 함께 등장.

오베론 거만한 티타니아, 재수없게 달밤에 만났군.

티타니아 뭐라고요, 질투심 많은 오베론. 요정들아, 서둘러 가자. 저 양반과 잠자리에 들지 않을 테다. 가까이에 얼씬도 하지 않을 테다.

오베론 잠깐만 기다려, 성급한 사람아. 나는 네 남편이 아니냐?

티타니아 그럼 나는 당신의 아낸가요? 하지만 알고 있어요. 당신이 요정의 나라로부터 몰래 도망 나와 양치기 코린이 되어 하루 종일 보리피리를 불며 바람난 필리다에게 사랑을 호소한다는 것을. 어째서 당신은 아득한 인도 땅 산허리로부터 돌아오셨죠. 틀림없이 가죽장화를 신은 말괄량이 아마존의 여왕을 테세우스와 결혼시키기 위해서일 거예요. 두 사람의 신혼을 축복해 주기 위해서죠?

오베론 티타니아, 창피한 줄 알아요. 당신이 테세우스와 좋아한 것을 내가 아는데, 나와 히폴리타의 관계를 비방하다니. 달 밝은 밤에 당신이 그 사람을 꾀어내어, 그가 겁탈한 페리게니아를 단념케 한 것도 당신이 한 짓이요, 그가 아에글레와의 관계를 끊은 것도, 아리아드네, 안티오파와 헤어진 것도 모두 당신이 한 짓이 아니오?

티타니아 그건 모두 당신의 질투심이 조작해낸 터무니없는 얘기죠. 초여름 때부터 어디서 만나든, 언덕 위, 계곡 아래, 숲속, 목장 변두리, 자갈이 깔린 샘터, 잡초 우거진 냇가, 바닷가 모래밭, 어디서 만나든 당신은 싸움을 걸어와서, 바람의 피리 소리에 맞춰 놀이하려는 우리의 즐거움을 앗아갔죠. 그 때문에 피리 소리 내봤자 헛된 일이었음을 알게 된 바람은 울화가 치밀어 바다로부터 독기 품은 안개를 빨아올려 육지에 끊임없이 쏟아놓았죠. 그래서 강물은 둑을 넘쳐 범람해서 육지는 물바다가 됐죠. 이 때문에 소들은 헛되이 멍에를 지고, 농부들은 헛되이 땀을 흘리고, 보리나 밀은 싹도 트기 전에 썩어버리고, 양(¥)

우리는 물에 잠겨 형체도 없어지고, 까마귀는 양들의 시체 위를 날며 살찌고, 모리스 놀이 잔디 이랑마다 진흙이 덮이고, 미로(迷路) 놀이로 다져진 풀밭도 밟는 이 없어 분간하기 힘들게 되고, 한여름인데도 사람들은 겨울옷을 그리워하고, 밤을 즐기는 축제의 노래도 사라져버렸죠. 이 때문에 썰물 밀물을 지배할 달의 여신도 노여움에 얼굴을 찌푸리며 습기 찬 바람을 일게 해서, 감기 신경통이 온 땅을 누볐죠. 이 같은 날씨 이변으로 계절도 뒤죽박죽, 흰 서리가 싱싱한 붉은 장미 무릎에 내리는가 하면, 싸늘한 서리가 붉은 장미꽃에 내리고 봄, 여름, 결실의 가을, 성난 겨울은 늘상 걸치던 의복을 바꿔 입었기에, 당황한 세상 사람들은 겉모양만 보고는 지금이 어떤 계절인지 알 수 없게 됐죠. 이 같은 재앙이 일어난 것도 우리들 싸움 때문이에요, 우리들 불화 때문이었죠. 우리들이 만들어 낸 것, 우리들이 화근이었어요.

오베론 그렇다면, 당신이 고치시오. 당신이 나빠요. 뭣 때문에 티타니아는 오베론과 맞서려고 해? 나는 당신이 훔쳐온 그 소년을 몸종으로 달라고 했을 뿐이야.

티타니아 단념하세요. 비록 요정의 나라를 몽땅 준다 해도 그 아이만은 내놓을 수 없으니깐요. 그 아이의 어미는 나의 신봉자였어요. 향기로운 인도 바람을 쐬며, 밤마다 그녀는 내 곁에 와서 소곤소곤 얘기를 했죠. 때로는 바닷가 노란 모래밭에 앉아 썰물을 타고 나가는 상선을 보면서 돛이 방종한 바람을 품고 배가 둥글게 부푸는 것을 보고 웃곤 했지요. 그녀는 배 뒤를 쫓는 듯 헤엄치듯 귀여운 걸음걸이로 — 그 당시엔 바로 그 소년을 잉태해서 배가 둥그스름했죠 — 범선을 흉내 내며, 해변을 미끄러지듯 오가면서 온갖 물건을 주워와서, 내게 주곤 했죠. 그런데 그녀도 인간인지라 그 소년을 낳고 죽었어요. 그 소년을 내줄 수 없는 이유가 바로 그 어머니 때문이죠.

오베론 이 숲에는 언제까지 있을 작정인가?

티타니아 테세우스의 결혼식이 끝날 때까지 있겠어요. 당신이 얌전하게 우리들의 윤무(輪舞)에 가담해서 달밤의 놀이를 보시겠다면 오셔도 좋습니다. 그럴 의향이 없으시다면 헤어집시다. 서로 방해가 되지 않도록 말입니다.

오베론 그 소년을 준다면 함께 가리다.

티타니아 절대로 줄 수 없어요. 요정들아, 가자! 더 이상 지체하면 또 싸움이 벌어져. (티타니아와 그의 요정들 퇴장)

오베론 갈 테면 가거라. 하지만 너의 모욕에 대해서, 내가 너에게 앙갚음할 때까지는 이 숲에서 한 걸음도 나갈 수 없다. 퍼크, 이리 와. 너는 기억하고 있을 것이다. 언젠가 내가 바닷가 바위에 있을 때였을 것이다. 인어가 돌고래 등에 업혀서 달콤하고도 아름다운 목소리로 노래하는 것을 들은 적이 있지. 그 아름다운 노랫소리에 거친 파도가 잠잠해지고, 별들도 바다 소녀의 노래에 매혹되어 미친 듯이 바다 위로 흘러내렸다.

퍼 크 기억하고말고요.

오베론 그때 나는 보았어. 너는 알지 못하겠지만. 싸늘한 달과 지구 사이에 활을 손에 든 큐피드의 모습을. 백발백중의 화살이 노리는 것은 서쪽 왕좌에 자리 잡고 있는 처녀왕이었다. 힘차게 활을 떠난 사랑의 화살은, 천만의 가슴을 단숨에 뚫을 것이라 생각했지만, 젊은 큐피드의 불타는 화살도, 맑은 달의 청순한 빛 속에서 꺼져버려, 처녀왕은 순결한 명상 속에서 사랑을 등지고 독신을 맹세하며 사라져버렸다. 하지만 나는 큐피드의 화살이 떨어진 장소를 눈여겨두었다. 그 화살은 서방의 작은 꽃 위에 떨어져, 하얀 꽃잎은 사랑의 상처로 지금 붉게 물들었다. 그 꽃을 처녀들은 사랑의 비올라 꽃이라 부른다. 그 꽃을 따오너라. 언젠가 가르쳐준 꽃이다. 그 꽃물을 잠자는 남자나 여자의 눈에 떨어뜨리면, 잠을 깨는 순간 최초로 본 사람을 미친 듯이 사랑하게 된다. 그 꽃을 따오너라. 고래가 십 리를 헤엄쳐 가기 전에 급히 다녀와야 한다.

퍼 크 지구를 한 바퀴 도는 데 사십 분입니다. 냉큼 다녀옵죠.

오베론 그 꽃을 입수하면, 티타니아가 잠드는 때를 살펴서 양쪽 눈에 떨어뜨려야겠다. 그렇게 되면, 눈 뜨자마자 최초로 보는 것 — 사자이건, 곰이건, 늑대건, 황소건, 장난꾸러기 원숭이건, 수선스러운 잔나비든 — 을 그녀는 무턱대고 상사병에 걸려 뒤쫓을 것이다. 이 마술을 그녀의 눈에서 풀어주기 전에 — 또 다른 꽃물을 사용하면 되는 일이니 — 어떤 일이 있어도 그 소년을 내가 차지해야 한다. 아, 누가 오고 있네? 내 모습은 안

보일 것이다. 그들의 얘기를 엿듣자.

디미트리우스, 그 뒤를 쫓아 헬레나 등장.

디미트리우스　너를 사랑하지 않으니, 쫓아오지 말라. 라이산더와 아름
다운 허미아는 어디 있는가? 한 놈은 내가 죽일 테지만, 님은
나를 죽이네. 두 사람이 이 숲속으로 몰래 도망쳐 왔다고 네가
말해서 이 숲으로 왔지만 숲은 숲에 가려 허미아를 찾을 수 없
어. 가거라, 나를 뒤쫓지 말고 돌아가거라.

헬레나　당신이 나를 끌어당기고 있어요. 당신의 심장은 딱딱한 자석
이에요. 하지만 당신이 끌어들이는 것은 단순한 쇠붙이가 아
니라 강철같이 충실한 마음이에요. 당신의 인력이 소멸하면
뒤쫓는 힘도 사라지죠.

디미트리우스　내가 널 유혹한 적이 있나? 사랑한다고 했어? 나는 딱
잘라 말했을 뿐이다. 사랑하지 않는다고, 사랑할 수 없다고.

헬레나　그래도 당신을 사랑해요. 나는 당신의 스파니엘이죠. 그러니
디미트리우스, 당신이 나를 때리면 때릴수록 나는 꼬리를 흔
들어요. 당신의 스파니엘이 되게 해주세요. 때려도 좋아요, 걷
어차도 좋아요, 무시하고 묵살해도 좋아요. 보잘것없는 나를
당신 곁에 있게 해주세요. 당신 마음속에 있는 가장 후미진 장
소도 내게는 그지없이 고귀한 장소이기에, 나는 개가 되어도
좋아요. 개처럼 다루세요.

디미트리우스　너무 귀찮게 굴면 정말이지 너를 미워하게 돼. 너를 쳐

다보면 난 속이 상하는걸.

헬레나 당신을 못 보면 나도 속이 상해요.

디미트리우스 처녀의 염치마저 잃었군. 멀리 마을을 떠나 사랑해주지
도 않은 남자에게 몸을 맡기려 하다니. 지금은 어떤 일이 일어
날지 모르는 캄캄한 밤이요, 여기는 흑심(黑心)이 솟구치는 한
적한 장소인데, 귀중한 정조를 내동댕이쳐서 좋을 리 있나.

헬레나 당신의 덕망이 저의 보배를 지켜주시겠죠. 당신의 얼굴을 볼
수 있는 동안은 캄캄한 밤이 아니에요. 그래서 지금은 밤이 아
니죠. 지금 이 숲은 한적한 장소가 아닙니다. 제게는 당신이
이 세상 전부거든요. 이 세상에 나 혼자 있다는 것은 당치도
않아요. 이곳에선 온 세상이 나를 쳐다보고 있잖아요?

디미트리우스 나는 도망가서 풀섶에 숨겠다. 너는 야수들한테 맡겨둘
테다.

헬레나 어떤 야수도 당신만큼 무정하지 않을 겁니다. 달아나세요, 제
발. 얘기는 정반대가 될 테니. 아폴로가 도망가고 다프네가 뒤
쫓게 되죠. 비둘기가 독수리를 추격하고, 얌전한 암사슴이 호
랑이를 덮치려고 뛰는 셈이네요. 아무리 뛰어도 소용없죠. 겁
쟁이가 뒤쫓으면 용기있는 사람은 줄행랑치지요.

디미트리우스 일일이 들을 틈이 없다. 나는 간다. 네가 끝까지 따라붙
으면 단단히 각오해. 숲속에서 혼쭐 빠지게 골려줄 테니.

헬레나 좋아요. 신전에서, 마을에서, 들판에서, 나를 골탕 먹였죠. 에
잇, 디미트리우스, 당신의 행패는 여성 전체에 대한 모독이에

요. 남자들은 사랑 때문에 싸울 수 있어도 여자들은 할 수 없죠. 여자들은 사랑을 받을 수 있을 뿐이지, 사랑을 구할 수는 없어요.

　　디미트리우스 퇴장.

뒤따라 가자. 나에겐 지옥의 고통도 천국도 기쁨이다. 사랑하는 이의 손에 죽을 수 있다면 행운이지.

오베론　행운을 빈다. 숲의 정(精)이여, 그가 이 숲을 떠나기 전에 그대가 도망 다니고, 그 사람이 그대 뒤를 쫓도록 해줄 테다.

　　퍼크 등장.

수고했네, 방랑자여. 꽃을 따왔는가?

퍼　크　네, 여기 있습니다.

오베론　이리 내놓게. 백리향(百里香) 흐드러져 피어 있고, 노란 앵초꽃과 고개를 끄덕이는 오랑캐꽃이 바람에 나부끼고, 사향 장미와 무성한 인동덩굴이 하늘을 덮으며 달콤한 향기를 뿜어대고 있는 언덕을 나는 알고 있다. 티타니아는 때때로 밤이면 그곳으로 간다. 춤과 환희에 취해 지치면 꽃이불 속에 잠든다. 그리고 그곳에서는 뱀이 에나멜 껍질을 벗는다. 그 껍질은 요정의 몸에 꼭 알맞은 의복이 된다. 나는 이 꽃물을 그녀의 눈에 떨어뜨리겠다. 그러면 그녀는 무시무시한 환상에 사로잡힐 것이다. 너도 조금 가지고 가서, 숲속을 뒤져 사랑에 빠진 귀여운 아테네 여인을 찾아라. 남자는 이 여인을 싫어한다. 그 남자의 눈에 꽃물을 발라주라. 그리고 그가 눈을 떴을 때, 이 여인을 최초로 보도록 하라. 너는 이 남자를 금세 알 수 있다. 아테네 복장이 표시가 된다. 이 일을 잘 처리해야 한다. 여자가 남자를 사랑하는 것 이상으로 남자가 여자를 더욱 사랑하도록 만들어야 한다. 이 일이 끝나면 첫닭이 울기 전에 돌아오너라. (모두 퇴장)

제2장 숲의 다른 곳

티타니아 시종들과 등장.

티타니아 자, 다들 윤무를 추고 요정의 노래를 불러라. 그러고 나서 이십 초쯤 저쪽으로 가거라. 가서 누구는 꽃봉오리 속의 자벌레를 죽이고, 또한 누구는 박쥐와 싸워 그 날개를 떼어 난쟁이 요정들의 윗옷을 만들어주라. 밤이 되면 우리 요정을 향해 눈을 크게 뜨고 괴상한 소리를 내며 시끄럽게 울어대는 부엉이를 쫓아라. 자, 우선 자장가를 불러 나를 잠재워다오. 그러고 나서 너희들은 각기 볼일을 보아라. 나는 쉬어야겠다.

요정들, 노래한다

요정 1   쌍 혓바닥 얼룩뱀들

가시 돋친 고슴도치, 물러가라.

도롱뇽이나 도마뱀도 잠자코 있어라.

여왕님 곁에 얼씬도 말라.

코러스   나이팅게일이여, 부드러운 목소리로

자장가를 불러다오.

자장자장 잘 주무세요.

자장자장 잘 주무세요.

해치지 마라, 마법도 걸지 말고 주문도 외지 마라.

사랑스러운 여왕님께 얼씬도 말라.

자장노래 들으며 안녕히 주무세요.

요정 2   집 짓는 거미야, 가까이 오지 마라.

다리 긴 왕거미는 저리 가거라.

딱정벌레, 너도 오지 말아라.

달팽이나 벌레들도 물러가거라.

코러스   나이팅게일이여, 부드러운 목소리로…… (반복) (티타니아, 잠든
다)

요 정   자, 물러가자. 잘 주무신다. 한 사람은 저기서 망을 봐야 해.(요
정들 퇴장)

오베론 등장.

오베론   눈 뜨고 처음 보는 것이 무엇이 되건(티타니아의 눈에 꽃즙을 떨어

뜨린다) 진정으로 사랑하라. 산돼지건, 살쾡이건, 곰이건, 표범이건, 수퇘지건, 깨어날 때 네 눈앞에 나타나는 것이 무엇이건 정신을 잃고 사랑하라.

흉측한 것이 가까이에 오면 깨어나라. (퇴장)

라이산더와 허미아 입장.

라이산더 허미아, 숲속을 헤매느라 당신은 지쳤구려. 솔직히 말해 길을 잃었어요. 괜찮다면 허미아, 여기서 쉽시다. 즐거운 아침이 오는 것을 기다립시다.

허미아 그렇게 하죠, 라이산더. 당신은 잠자리를 찾으세요, 나는 이 언덕을 베개 삼아 잘게요.

라이산더 뗏장 하나면 두 사람 베개로 충분해요. 한마음에 한 침대, 두 가슴에 한 가지 맹세요.

허미아 안 돼요, 라이산더. 부탁이에요, 가까이 오지 마세요. 떨어져 있어요.

라이산더 깨끗한 이내 마음 그대로 받아줘요! 사랑의 말은 사랑의 마음에서 의미를 찾죠. 내 마음은 당신의 마음과 결합되어 있기 때문에, 우리들 마음이 하나라고 해도 좋겠죠. 두 가슴은 또한 한 가지 맹세를 주고받기에, 가슴은 두 개지만 사랑의 맹세는 하나죠. 그러니 당신 곁에 나를 잠재워주오. 당신 곁에 누운들, 허미아, 누추한 짓을 하겠소?

허미아 당신은 말에 아주 능숙하셔요, 라이산더. 라이산더가 누추한 짓을 하는 남자라면, 허미아도 무례하고 건방진 여자겠죠. 하지만 라이산더여, 사랑과 예절을 위해 정숙한 처녀와 수줍은 신사에 알맞은 미혼자의 신중한 거리를 유지합시다. 그러니 멀리 떨어지세요. 안녕히 주무세요, 사랑하는 친구여. 당신의 달콤한 인생이 끝날 때까지 사랑이여, 변하지 마세요.

라이산더　아멘, 아멘, 당신의 아름다운 기도여. 사랑의 충성심이 끝날 때, 내 인생도 끝나오! 나는 여기서 잠들겠소. 잠이여, 그녀를 잠들게 하라.

허미아　그 소원의 절반은 당신 것이죠. (그들은 잠든다)

　　퍼크 등장.

퍼 크　숲속을 훑어보았지만 아테네 사람은 볼 수가 없네. 사랑을 일깨우기 위해 누구의 눈꺼풀에 나는 이 꽃의 마력을 시험해볼까나. 밤이여, 고요함이여 ─ 누가 오고 있네? 아테네 사람의 복장이로군. 주인 나리가 지시한 사람이군. 이 사람이 아테네 여인을 경멸했겠다. 여기 그 여인이 잠들고 있네. 눅눅하고 누추한 땅 위에 누워 있네. 이 녀석은 피와 눈물도 없나, 여인을 제 곁에 눕히지도 않고. 요 녀석, 단단히 혼 좀 나라, 네 눈에 마술의 꽃물을 발라주마. 네놈이 깨어나면 그때부터 두 번 다시 잘 수 없는 상사병이여. 그때까지는 잠재워 두자. 내가 가면 깨어나라. 오베론한테 가서 알려야지.

디미트리우스와 헬레나, 뛰어서 등장.

헬레나　기다려요. 죽여도 좋아요, 디미트리우스!

디미트리우스　돌아가. 귀찮게 따라다니지 마.

헬레나　지독한 사람, 나를 어둠 속에 내버려둘 거예요? 그러지 마세요.

디미트리우스　따라오면 혼날 줄 알아. 난 혼자 갈 테다. (퇴장)

헬레나　아아, 숨이 끊어질 듯해. 죽으라고 뒤쫓기만 했으니! 기도하면 할수록, 은혜는 갈수록 줄어드네. 행복한 허미아, 그녀는 어디에 있을까. 그녀는 축복받은 매혹적인 눈을 지녔어. 어째서 그녀의 눈은 그토록 빛나고 있을까? 눈물 때문이 아니겠지. 그렇다면 내 눈은 더 많은 눈물을 흘리고 있잖아. 아니야, 아니야, 나는 곰처럼 추악해. 나를 보면 짐승들도 겁에 질려 도망갈 거다. 그러니 디미트리우스가 귀신 만난 것처럼 나를 피해 도망치는 일도 이상할 건 없어. 나의 눈을 허미아의 별 같은 눈과 비교하다니, 나의 거울은 얼마나 악독하고 위선적이냐? 누가 있네? 라이산더, 땅 위에 누워 있네. 죽었나, 아니면 잠들고 있나? 피도 흘리지 않고 상처도 없어. 라이산더, 살아 있으면, 제발 깨어나요!

라이산더　(깨어나며) 당신을 위해서라면, 불 속이라도 뛰어들겠다! 투명한 헬레나! 이것은 자연의 마술이다. 너의 가슴을 통해 너의 마음을 볼 수 있구나. 디미트리우스는 어디 있는가? 아, 얼마나 더러운 이름인가, 그 이름은. 내 칼에 멸망할 것이다!

헬레나   라이산더, 그런 말 마세요, 그런 말 마세요. 그가 당신의 허미아를 사랑한다 해도 상관없잖아요? 여전히 허미아는 당신을 사랑해요. 그러니 만족하세요.

라이산더   허미아에게 만족하라고? 안 돼, 나는 후회하고 있어. 그녀와 함께 지냈던 지루했던 그 세월을. 내가 사랑하고 있는 여인은 허미아가 아니라 헬레나야. 검은 까마귀를 흰 비둘기와 바꾸는 것은 당연하지 않아? 남자의 의지는 이성(理性)에 의해 좌우되는 거야. 내 이성은 당신이 허미아보다 낫다고 말하고 있어. 모든 것은 때가 와야 무르익는 법이야. 나도 그랬어. 젊은 탓으로 이성을 가질 만큼 무르익지 않았거든. 지금은 인간으로서의 분별력을 지니고 있기 때문에, 이제 겨우 이성이 내 의사를 지배하게 되었지. 나를 그대의 눈으로 인도하고 있어. 아름다운 사랑의 책 속에 담긴 사랑의 얘기를 이젠 읽을 수 있어.

헬레나   어쩌자고 나는 이토록 놀림감이 되고 있는가? 당신의 모욕을 받을 만한 일도 하지 않았는데? 너무했어, 너무했어. 여보세요, 디미트리우스로부터 따뜻한 눈짓 한 번 받지 못했다고 해서 당신까지 나를 멸시할 수 있단 말이에요? 정말이지 당신은 너무했어, 너무했어. 멸시하는 태도로 나를 다시 설득하고 있으니. 좋아요, 나는 갈래요. 나는 당신을 정말로 멋진 신사라고 생각했는데 착각이었어요. 아, 슬픈 여인의 운명이여. 한 남자로부터 버림받고, 또 다른 남자로부터 놀림당하다니!

라이산더 그녀는 허미아를 보지 못했구나. 허미아, 거기서 자고 있거라. 두 번 다시 라이산더 곁에 올 필요는 없어! 달콤한 것을 너무 먹으면 질려버리지. 질리면 위장이 거부반응을 일으키지. 이단(異端)의 가르침은 사람으로부터 버림받고, 속은 사람들로부터 미움을 산다. 당신은 나의 포만이요 이단이다. 모든 사람으로부터 미움을 사지만, 나의 미움은 가장 크다. 나의 사랑이여, 온 힘을 기울여 헬레나를 사랑하고 그녀의 기사가 되자!

허미아 (눈을 뜨고) 살려줘요, 라이산더. 나를 도와줘요! 뱀이 가슴 위에 기어가고 있어요, 잡아줘요! 아아, 무서워! 꿈을 꾸었군! 라이산더, 무서워서 벌벌 떨고 있어요. 뱀이 심장을 파먹으려고 했어요. 그런데도 당신은 비참해진 뱀의 먹이를 보고 웃고 있네요. 라이산더! 아니, 어디로 갔을까? 라이산더! 안 들리나? 가버렸나? 소리도 없이, 말도 없이? 아, 어디로 갔을까? 대답해요, 안 들리세요? 제발 말해줘요! 겁이 나서 미칠 것 같아요. 아무 대꾸도 없네? 근처에 없는 모양이다. 내가 죽든가 당신을 곧 찾아내든가, 둘 중의 하나다. (퇴장)

제3막

제1장 숲속

티타니아가 잠들고 있다. 퀸스, 보톰, 스너그, 플루트, 스나우트, 그리고 스타블링 등장.

보 톰 다들 모였나?

퀸 스 모두 모였네. 연습장으로는 그저 그만이다. 이 푸른 잔디가 우리들의 무대다. 이 아가위나무 덤불은 분장실이 된다. 자, 지금부터 연습으로 들어간다. 공작 각하 앞에서 하는 것과 똑같이 해볼 테다.

보 톰 피터 퀸스!

퀸 스 뭔가, 보톰 나리?

보 톰 피라모스와 티스베 희극에는 신바람 나지 않은 곳이 몇 군데 있어. 첫째, 피라모스가 칼을 뽑고 자살하지. 부인네들은 이 광경을 참아내지 못할 거야. 자네들 생각은 어떤가?

스나우트 그렇긴 해.

스타블링 죽는 장면은 빼는 것이 좋을 것 같아.

보 톰 그럴 필요는 없어. 잘 처리할 수 있는 좋은 생각이 있어. 서사(序詞)를 써서 말하면 돼. 그 서사 속에서 말하는 것이다. "칼은

뽑지만 피는 흘리지 않겠다. 피라모스도 실제로 죽는 것은 아니다." 더 안심시키려면 이렇게 말하면 된다. "나 피라모스는 실제로 피라모스가 아니다. 사실 직조공 보톰이다." 이렇게 말해두면 그들은 무서워하지 않을 것이다.

퀸 스 좋아, 서사를 삽입하자. 발라드풍의 팔륙조(八六調)로 써넣도록 하자.

스나우트 부인네들은 사자를 두려워하지 않을까?

스타블링 두려워하지, 틀림없이.

보 톰 여러분, 이 일만은 깊이 생각해봐야 돼. 부인네들 앞에 사자를 끌어내는 것은 위험한 일이야. 이 세상에 사자만큼 무서운 들새는 없기 때문이야. 이 일만은 우리가 조심해야 돼.

스타블링 그러기 때문에 또 하나의 서사를 통해 그것은 실제로 사자가 아니라고 말하면 되는 거야.

보 톰 그보다는 이름을 대면 좋겠어. 사자의 목에서 얼굴을 반쯤 내밀고 말이야. 그러고 나서 지껄여대면 돼. 예컨대, 이렇게 말이야 ― '부인네들이여' 아니면 '아름다운 부인네들이여, 여러분께 부탁합니다' 아니 '여러분께 요망하는 바입니다만' 아니 '여러분께 간청합니다만, 제발 두려워하지 마시고 부들부들 떨지도 마십시오. 제 목숨을 걸어 보증하겠습니다. 만일 여러분들이 이곳에 출현한 저를 사자라고 생각하신다면, 제가 목숨을 걸어 통탄할 일입니다. 저는 결코 사자가 아니라 인간입니다. 다른 인간들과 티끌만큼도 다르지 않은 인간입니다'

라고 말할 거야. 그러고 나서 이름을 밝히면 돼. 명백하게 나
는 '소목장이 스너그입니다'라고 말하는 거야.

퀸 스 그렇게 하기로 하자. 그래도 어려운 문제가 아직도 두 가지 남
아 있다. 다시 말해서, 그중의 한 가지는 궁전의 홀에 어떻게
달을 들여다 놓는가 하는 일이다. 피라모스와 티스베는 달밤
에 만나기 때문이야.

스나우트 우리들이 연극을 하는 밤에 달은 있나?

보 톰 달력, 달력! 일 년 달력을 보고, 달이 뜨는지 여부를 조사해보
자. 달을 찾아라, 달을 찾아라!

퀸 스 그날 밤 달은 있다. 그렇다면 연극을 하는 홀의 창문을 활짝
열어놓으면 돼. 달빛은 창문을 통해 흘러들어 올 것이다.

퀸 스 그렇잖으면, 누가 덤불가지 다발과 등잔을 들고 들어오면 돼.
그러고 나서 '나는 달님으로 분장한 배우입니다'라고 말하면
안성맞춤이지. 또 한 가지 있어. 홀 안에 담이 있어야 해. 줄거
리에 의하면 피라모스와 티스베는 갈라진 담의 틈새를 통해
얘기를 나누거든. 담을 어떻게 들고 들어오나? 어떡하면 좋
지. 보톰?

보 톰 누가 담으로 분장할 수밖에 없어. 회벽칠을 하든지, 담에 바르
는 옥토나 진흙덩이를 들고 담을 나타낼 수밖에 없어. 그런 다
음 손가락을 이렇게 벌리고 서 있으면 피라모스와 티스베가
그걸 통해서 얘기를 할 수 있지.

퀸 스 그것으로 해결됐으면, 이젠 만사형통이다. 자, 그러면 모두들

자리에 앉아주게. 연습을 시작하겠다. 피라모스, 너부터다. 대사가 끝나면 저 덤불 속으로 몸을 숨겨라. 자아, 모두들 자기 역할을 잊지 말도록.

    퍼크 등장.

퍼 크 요정의 여왕께서 주무시는 곁에서, 개딱지 같은 시골뜨기들이 왜들 이리 부산한가? 뭐야, 연극이 시작되나? 구경거리가 생겼네. 경우에 따라서는 한 역할 맡아도 좋을걸.

퀸 스 피라모스, 대사를 시작해. 티스베, 앞으로 나와.

보 톰 티스베, 꽃향기 추악한 달콤함이여 — .

퀸 스 '향긋한', '향긋한'.

보 톰 향긋한 달콤함이여. 사랑하는 티스베여, 당신의 입김은 달콤하여라. 들리는가, 사람의 목소리! 잠시 여기서 기다려다오. 잠시 후 당신 앞에 다시 나타나리다. (퇴장)

퍼 크 이토록 괴상망측한 피라모스 처음 봤네! (퇴장)

플루트 내가 할 차례인가?

퀸 스 그렇다, 네 차례야. 알겠나, 피라모스는 소리를 듣고 잠시 나갔는데, 곧 돌아온다.

플루트 찬란히 빛나는 피라모스여, 백합 같은 살결이여, 눈부신 들장미처럼 붉게 타오르는 두 뺨, 활달한 젊은이같이, 지극히 사랑스러운 유대인같이, 지칠 줄 모르는 말처럼 충성스러운 당신, 피라모스여. 당신을 만나리다, 니니의 무덤에서.

퀸 스 니니가 아니라 '니노스'야, 이 사람아! 그 대사는 아직 해서는 안 돼. 그 대사는 피라모스의 말에 대한 답변이야. 너는 대사를 한꺼번에 연속적으로 다 해버렸어. 큐도 없이 다짜고짜로 말이야. 피라모스가 등장한다 — 너의 대사는 거기서 일단 중단된다. 알겠나. '지칠 줄 모르는' — 그 대목에서 다시 시작이다.

플루트 알겠어. 지칠 줄 모르는 말처럼 충성스러운 당신.

  퍼크 등장. 그 뒤로 당나귀 탈을 쓰고 보톰이 등장.

보 톰 내가 아름답다면, 티스베, 나의 아름다움은 당신의 것.

퀸 스 귀신 나왔다! 이상한 일이야! 귀신에 홀렸어! 이봐들! 도망쳐! 사람 살려!

  퀸스, 스너그, 플루트, 스나우트, 스타블링 퇴장

퍼 크 저놈들 쫓아가야지. 저놈들을 뺑뺑이 돌려야겠다! 늪을 지나, 숲을 지나, 덤불을 뚫고 들장미 사이로. 때로는 말이 되기도 하고, 때로는 개가 되기도 하자. 돼지가 되어도 좋다. 목 잘린 곰, 불꽃이 되어도 좋다. 말처럼, 개처럼, 돼지처럼, 곰처럼, 불꽃처럼 되어, 히힝, 멍멍, 꿀꿀, 으르렁 으르렁, 활활 해볼 테다.

보 톰 모두들 왜 도망을 갈까? 요것들, 나를 놀라게 해줄 계략이구나.

스나우트 등장.

스나우트 오, 보톰, 너는 변했어! 웬일이냐, 머리 위에 있는 것은 무어야!

보 톰 그게 뭔데? 너 같은 얼간이 당나귀 대가린데? (스나우트 퇴장)

퀸스 등장.

퀸 스 아, 보톰, 가련하게도, 가련하게도 자네 모습이 깡그리 변했어.

보 톰 네놈들 수작을 나는 안다. 나를 얼간이 당나귀로 만들어 골려주려고 작당들 했지. 하지만 나는 끄떡도 않겠다. 여기서 이렇게 거닐면서 한바탕 노래나 하련다. 내가 두렵지 않다는 것을 보여줘야지. (노래한다)

황갈색 주둥이에

검정빛 검은 새

노래 잘 부르는 티티새

작은 날개

지닌 굴뚝새 — (티타니아, 노랫소리에 깨어난다)

티타니아 꽃이불 잠자리에서 나를 깨우는 천사는 누구냐?

보 톰 (노래한다)

참새, 종달새

단조로운 노래의 잿빛 뻐꾹새

여편네 서방질 소리 들려도

그래도 남편은 찍 소리 없네 —

어리석은 새에 어리석은 일을 비교해본들 무슨 소용이 있어. '여편네 서방질 소리 들려도'라고 불러 젖힌들, 뻐꾹새 보고 거짓말 집어치우라고 말할 사람 누가 있겠어?

티타니아 부탁이에요. 점잖은 사람이여, 노래 한 번 더 해줘요. 내 귀는 당신 노래에 홀딱 반했어요, 내 눈은 당신 모습에 홀딱 반했어요. 당신의 아름다움이 나를 몹시 감동시켜 첫눈에 사랑의 말을, 사랑의 맹세를 하지 않을 수 없네요.

보 톰 부인이여, 이성이 있으면 그런 말을 할 수 없을 것입니다. 하지만 솔직히 말해 요즘에는 이성과 사랑의 관계가 썩 좋지 못한 듯합니다. 성실한 이웃 사람들이 이성과 사랑을 결합시키지 않은 것은 참으로 딱한 노릇입니다. 나도 때에 따라서는 이 정도의 농담은 지껄일 수 있죠.

티타니아 당신은 아름답고, 당신은 현명하오.

보 톰 그럴 리야 있습니까. 그러나 나에게 숲으로부터 벗어나는 지혜가 있다고 한다면, 내 나름대로 쓸모 있는 행세는 할 수 있답니다.

티타니아 이 숲에서 나갈 생각일랑 아예 하지 마세요. 가고 싶든 말든, 당신은 이곳에 있어야 해요. 나는 보통 요정이 아니에요. 여름이 나에게 굽실대며 복종하고 있어요. 당신을 사랑해요. 내 곁에 있어줘요. 요정들에게 당신을 돌보라고 일러두겠어요. 바다로부터 진주를 따서 갖다 드리죠. 꽃방석에 누워 잠들면 노래를 불러 드릴게요. 죽어야 하는 당신의 육체를 정화시키고, 당신을 공기의 요정처럼 만들어 드릴게요. 콩꽃, 거미줄, 나방이, 겨자씨!

　콩꽃, 거미줄, 나방이, 겨자씨, 네 요정들 등장.

콩　꽃　네, 대령했습니다.

거미줄　네, 대령했습니다.

나방이　네, 대령했습니다.

겨자씨　네, 대령했습니다.

일　동　어디로 갈까요?

티타니아　이분을 친절하고 정중하게 모시도록 하라. 이분이 가는 곳마다 춤을 추어라, 이분 앞에서 뛰며 놀아라. 살구, 나무딸기, 자줏빛 포도, 녹색 무화과, 그리고 뽕나무 열매를 잡숫게 하라. 벌집에서 꿀을 따다 드려라. 꿀벌 넓적다리의 촛농을 따서, 개똥벌레 눈에서 옮긴 불을 당겨 침실의 등을 밝히도록 하라. 그분이 주무시는 동안 얼굴에 비치는 달빛을 지우기 위해 오색나비 날개로 부채질하라. 요정들아, 그분에게 절을 하며, 인사 드려라.

콩 꽃 안녕하세요.

거미줄 안녕하세요.

나방이 안녕하세요.

겨자씨 안녕하세요.

보 톰 실례하겠습니다. 성함이 무엇이죠?

거미줄 거미줄입니다.

보 톰 거미줄 요정님, 잘 부탁드립니다. 내가 손가락을 베거든 잘 봐주세요. 당신 성함은 무엇이죠?

콩 꽃 콩꽃입니다.

보 톰 잘 부탁드립니다. 콩깍지 양친에게도 제 인사 부탁드립니다. 콩꽃 요정님, 잘 사귀어봅시다. 당신 성함은?

겨자씨 겨자씨요.

보 톰 겨자씨여, 당신은 참을성이 많은 것을 압니다. 겁 많은 황소고기가 당신 집 식구들을 많이 잡아먹었죠. 당신 집안 식구들 덕택에 나도 눈물을 많이 흘렸습니다. 잘 사귑시다, 겨자씨 양반.

티타니아 잘 모셔라, 이분을 나의 침실로 안내하라. 달이 눈물을 흘릴 듯이 슬픈 표정이로구나. 달이 울면 온갖 꽃들도 함께 눈물을 흘린다. 더럽혀진 처녀의 순결을 슬퍼하는 것이다. 이분의 혀를 잡아매고, 조용히 모시고 가거라. (퇴장)

제2장

오베론 등장.

오베론 티타니아는 눈을 떴을까. 그녀의 눈에 맨 처음 보인 것은 무엇이었을까. 지금쯤 홀려서 미칠 지경일 텐데.

퍼크 등장.

내 심부름꾼이 돌아왔군. 장난꾸러기야, 어떻게 되었는가? 이 숲속에 무슨 일이라도 일어나지 않았느냐?

퍼 크 여왕님이 괴물과 사랑에 빠졌습니다. 인기척 드문 거룩한 여왕님 침실 바로 가까이에서, 여왕님이 단잠에 빠져 주무실 동안, 아테네 거리 노점에서 막일하며 호구지책에 여념이 없는 한 떼거리의 어릿광대들, 버릇없는 직공들이 모여들었습니다. 테세우스 결혼식 날에 연극을 보여준답시고 연습하러 모인 거죠. 이들 어리석은 녀석들 가운데서도 가장 멍청한 얼간이가 피라모스 역을 한답시고 법석을 떠는데, 연습 중에 퇴장하여 분장실로 쓰는 덤불 속으로 들어갔습니다. 소생은 이때다 싶어 뛰어들어 당나귀 머리를 씌워줬죠. 이윽고 티스베와 대사를 주고받기 위해 이 허풍선이는 연습장에 등장하게 된 거죠. 그의 모습을 힐끗 쳐다본 녀석들은 몰래 스며든 엽사를 눈치챈 들거위처럼, 또는 총소리에 놀란 팥 빛깔 머리 까마귀

떼들처럼 치솟고 까악까악 울며, 흐트러져 사방팔방으로 도 망치며 미친 듯이 하늘에서 빙글빙글 돌았습니다. 이들 멍텅 구리들은 그를 보고 걸음아 나 살려라 하며, 그루터기에 부딪 혀 거꾸로 내동댕이쳐지기도 하고, 사람 살려라 하면서 아테 네에 도움을 청하기도 했지요. 이들 얼빠진 놈들은 공포심에 사로잡혀 완전히 이성을 잃었습니다. 그래서 산천초목마저 이 들을 업신여기는 판국이었죠. 가시나무 덤불에 옷이 찢기고, 어떤 놈은 저고리 소매를, 어떤 놈은 모자가 찢기고 걸리고 야 단법석이었죠. 소생은 공포에 질려 실성한 이놈들을 뒤쫓았 죠. 가련한 피라모스는 당나귀 머리를 쓴 채 남아 있었습니다. 그런데 바로 그 순간, 잠에서 깨어난 티타니아는 당나귀를 보 고 죽자 살자 사랑에 빠진 겁니다.

오베론 내가 의도한 것보다 더 잘되었다. 하지만 사랑의 묘약을 아테 네 사람 눈에 바르라는 나의 또 다른 심부름은 잘되었는가? 잘됐겠지.

퍼 크 그 사람이 잠들고 있는 장면을 포착해서, 잘 해냈습니다. 아테네 여인이 그의 곁에 누워 있었죠, 그가 깨어났을 때, 그 여인을 안 볼 수 없었겠죠.

  디미트리우스와 허미아 등장.

오베론 모습을 감추어라. 저것이 아테네 사람이다.
퍼 크 여자는 틀림없는데, 남자는 다른데요.

디미트리우스 당신이 사랑하는 분에게 그런 악담을 하다니? 그런 험
담은 험악한 원수 놈들에게나 퍼부어요.

허미아 지금은 입으로만 할퀴지만, 앞으로는 더 미워할 거예요. 당신
은 저주받을 만한 일을 했죠. 잠자는 라이산더를 죽였다면 선
혈이 흐르는 강물에 내디딘 발이니, 더욱 깊숙이 빠져들어 이
내 몸도 죽이세요. 태양이 충실하게 한낮을 따라다니듯이 그
사람은 나에게 충실했어요. 그러기 때문에 그 사람은 잠들고
있는 허미아를 버려두지 않았을 거예요. 그 얘기를 믿을 바에
는 차라리 굳어버린 이 대지 위에 구멍이 뚫려 달이 그 속을
통과해서 지구 반대편에서 빠져나와 태양 형님을 노하게 만들
었다는 얘기를 믿는 것이 차라리 낫겠어요. 당신이 그 사람을
죽였다고 생각해요. 살인자는 언제나 죽은 사람처럼 음산한
표정이죠.

디미트리우스 죽은 사람이 그렇게 보일 것이고, 나도 죽었으니 그렇게
보일 것이다. 당신의 냉혹한 눈에 나의 심장이 찔린 것이다. 그런
데도 살인자인 그대의 얼굴은 저 하늘의 비너스처럼 맑고 찬란
하게 빛나고 있어.

허미아 그 일이 나의 라이산더와 무슨 관계죠? 그분은 어디 계시죠?
착한 디미트리우스, 그이를 돌려주세요.

디미트리우스 차라리 그 녀석의 시체를 사냥개에게 던져주겠다.

허미아 꺼져버려! 개 같은 놈! 똥개! 처녀의 인내심도 한계가 있다. 그
사람을 죽였지? 너는 인간의 탈을 쓴 늑대야! 꼭 한 번이라도

좋다. 나를 위해서라도 진실을 말해다오! 깨어 있었다면 그의 얼굴을 마주 볼 수 없었을 테니, 자고 있을 때 죽였을 테지? 참으로 장하시군요! 벌레나 독사라면 그럴 수 있지. 그래, 독사가 한 짓이야. 너는 독사, 두 겹 혓바닥 날름대는 살무사도 너만큼 지독하지는 않아.

디미트리우스 나에게 분노의 독기를 뿜어대지만, 그것은 근거 없는 오해요. 나는 라이산더의 피를 흘리게 하지 않았어. 라이산더는 죽지 않았어. 나는 알고 있어.

허미아 부탁이에요, 말해주세요. 그분은 무사하죠.

디미트리우스 말해준다면, 내가 받을 답례는 무엇이죠?

허미아 나를 만나지 않아도 되는 특권을 보상으로 드리죠. 나는 지긋지긋한 당신과는 이별이에요. 두 번 다시 나를 찾지 마세요. 그분이 살았든 죽었든. (퇴장)

디미트리우스 저토록 화를 내고 있으니 쫓아가도 소용없겠지. 그렇다면 잠시 동안 여기서 쉴 수밖에 없네. 슬픔의 무게가 가중되는 것은 잠이 모자라는 탓이다. 파산한 잠이 슬픔에 부채를 떠맡기기 때문이다. 지금 여기서 잘 수 있으면, 잠시라도 좋다. 그의 정분에 기대어 슬픔의 부채를 덜자. (옆으로 누워 잔다)

　　오베론과 퍼크, 앞으로 나온다.

오베론 너, 무슨 짓을 했느냐? 일을 잘못했어. 진실한 연인의 눈에 사랑의 묘약을 발랐군. 너의 실수로 큰일이 벌어지게 됐어. 진실한 사랑은 부실해지고, 거짓 사랑은 진실을 잃었다.

퍼 크 운명의 여신 탓이죠. 진실한 남자는 한 사람이요, 나머지 백만 명은 거짓 맹세를 늘어놓고 있어요.

오베론 숲속을 바람보다 빨리 달려라. 헬레나라고 하는 아테네 처녀를 찾아라. 상사병 때문에 얼굴은 창백하다. 나날을 한숨으로 지새우기에 생명의 피를 잃고 있다. 환상의 힘을 빌려 그 여인을 이곳에 데려오너라. 그때까지 이 남자의 눈에 마술을 걸어 두겠다.

퍼 크 갑니다, 갑니다. 보세요, 날아갑니다! 타타르인의 화살보다 빨리 날아갑니다. (퇴장)

오베론 큐피드 사랑의 화살에 묻은 보랏빛 꽃물은 눈동자를 적신다. 그때 뜬눈으로 그녀를 보았을 때 하늘의 비너스 별처럼 빛나던 여인의 모습이 눈부시게 하늘에 비친다. 눈 떴을 때 곁에 있는 그녀의 사랑을 그대는 얻으리라.

　　퍼크 등장.

퍼 크 요정의 왕에 아뢰옵니다. 헬레나가 바로 옆에 와 있습니다. 제가 착각한 그 남자도 함께 있습니다. 그는 열렬히 사랑의 보상을 요청하고 있습니다. 이들의 한마당 장면을 구경이나 할까요? 인간이란 참으로 어리석지요!

오베론 옆에 섰거라. 너의 요란스러운 소리 때문에 디미트리우스가 잠을 깨겠다.

퍼 크   그렇다면 둘이서 한 사람을 설득하니 점점 일이 재미있네요. 엎치락뒤치락하는 일보다 더 즐거운 일은 없습니다요.

   그들은 옆으로 물러선다. 라이산더와 헬레나 등장.

라이산더   나의 사랑의 호소를 어째서 모욕이라고 생각하오? 모욕과 조롱에는 눈물이 없소. 보세요, 나는 맹세하며 울고 있소. 눈물에서 태어난 맹세는 진실한 마음의 표시라오. 그런데 이 일이 조롱으로만 비치니 웬일이오? 성실한 눈물이 진정한 사랑을 입증하고 있는데.

헬레나   온갖 수단을 다 쓰고 계시네. 진실이 진실을 죽이고 있다니, 악랄한 짓이로다! 이 맹세는 허미아를 위한 것. 그 여인을 버릴 작정이세요? 맹세로서 맹세의 무게를 달면, 그 맹세는 소멸되죠. 그녀와 나를 위한 맹세를 두 저울에 달면 피장파장이죠. 거짓말처럼 둘 다 가벼워져요.

라이산더   허미아에게 맹세할 때, 나는 분별력이 없었다오.

헬레나   그녀를 버린다고 말하는 지금도 분별력이 없기는 마찬가지예요.

라이산더   디미트리우스가 그녀를 사랑해. 그는 당신을 사랑하지 않아.

디미트리우스   (깨어난다) 오, 헬렌, 여인이여, 숲의 정(精)이여, 완전하고도 거룩한 존재여! 님이여, 그대의 눈을 무엇에 비할 수 있으리? 수정도 그에 비하면 진흙이다. 그대 입술은 무르익은 앵두가 서로 입 맞추려 할 때처럼 나를 유혹한다! 그대가 흰 손을 쳐들면, 동녘바람을 맞는 토라스 산의 눈도 까마귀처럼 검게 보인다. 희디흰 그대의 손, 축복을 약속하는 손에 입 맞추게 해주오!

헬레나 아, 원통해라! 기막혀라! 알겠어요, 두 사람이 합세해서 나를 놀림감으로 만들고 있죠. 점잖은 사람이라면 예의를 지키세요. 경우 바른 사람이라면 이토록 나를 괴롭히진 않으시겠죠. 나를 미워하고 있는 줄은 알고 있지만, 그것만으로 직성이 풀리지 않으니깐 두 사람이 나를 놀려대고 있죠? 당신네들은 겉으로 보기엔 신사지만 신사가 아니야. 신사라면 숙녀를 이토록 학대할 수 없어요. 사랑의 맹세를 속삭이면서, 나의 장점을 격찬하면서, 두 사람 모두 마음속으로는 나를 경멸하고 있어. 당신네들은 둘 다 허미아를 사랑하는 경쟁자인데, 지금은 헬레나를 놀리는 경쟁자가 됐군요. 아주 훌륭한 일이십니다. 사내다운 일이죠. 마음껏 비웃으면서 가련한 처녀의 눈에서 눈물을 짜내다니! 고귀한 사람이라면 처녀의 마음을 이토록 괴롭히거나 참을 수 없을 만큼 상처를 입혀 얼씨구 좋다 즐기지는 않을 겁니다.

라이산더 디미트리우스, 자네 나쁜 사람이로군. 그러지 말게. 자네는 허미아를 사랑하고 있어. 모두 아는 사실이야. 나는 선의와 우정으로 허미아의 사랑을 자네가 받도록 양보하네. 하지만 헬레나의 사랑은 내가 받도록 양보해주게. 나는 헬레나를 사랑하고 있어. 죽을 때까지 사랑할 거야.

헬레나　사람을 골려도 분수가 있지. 엉터리 수작이군.

디미트리우스　라이산더, 자네는 허미아를 차지하게. 나는 괜찮네. 한
　　때 나도 그녀를 사랑했지만, 이제 그 사랑은 사라졌네. 허미아
　　에 대한 내 마음은 스쳐지나는 뜨내기였을 뿐, 이제는 헬레나
　　에게 돌아왔으니 영원히 살아갈 고향 집으로 돌아온 셈이 됐
　　네.

라이산더　헬레나, 거짓말이야.

디미트리우스　개뿔도 모르면서 함부로 내뱉지 말거라. 계속 그러면 네
　　모가지를 뽑아버릴 테다. 저것 봐, 너의 연인이 오고 있다. 저
　　기 오고 있어.

　　허미아 등장.

허미아　캄캄한 밤이 사람의 눈을 멀게 하니 귀의 움직임만 더욱 민감
　　해지는구나. 보는 힘을 빼앗을 만큼 듣는 힘을 두 배로 늘려주
　　지. 라이산더, 당신을 발견한 것은 나의 눈이 아니에요, 고맙
　　게도 당신의 목소리를 따라 날 여기까지 이끈 것은 나의 귀예
　　요, 그런데 어쩌자고 나를 그런 곳에 내버리셨나요?

라이산더　사랑이 가라고 재촉하는데 그대로 있을 수 있나?

허미아　어떤 사랑이 라이산더를 내 곁에서 끌어냈나요?

라이산더　라이산더의 사랑이다, 네 곁에서 떠나게 한 것은. 아름다운
　　헬레나가 나를 잡아끌었어. 헬레나는 반짝이는 금빛 별들이

밤을 장식하는 것 이상으로 아름다워. 왜 나를 쫓아왔소? 널 내버려두고 온 것은 싫었기 때문이야. 이젠 알 만할 때가 되었지.

허미아 거짓말이야, 당신은 생각과 말이 달라요.

헬레나 아, 허미아도 한 패거리가 되었네! 이제 알겠어. 세 사람이 똘똘 뭉쳐 나를 골탕 먹이려고 연극을 꾸미셨군. 야속한 허미아! 의리도 신의도 없는 여자로군! 당신도 한 다리 끼어들었죠. 이 두 사람과 함께 나를 놀리려고 계획을 세웠죠? 우리 둘만이 나눈 은밀한 얘기, 둘이서 나눈 자매의 맹세, 둘이서 함께 보낸 즐거운 시간, 이 시간이 종종걸음으로 사라지는 바람에 이별이 다가오는 것을 마음 아파하던 두 사람 사이였는데, 아, 이 모든 것을 잊었어? 학교 시절의 우정도, 소녀 시절의 천진난만함도 잊었어? 허미아, 우리 둘은 수예품 여신들처럼, 두 개의 바늘로 한 떨기 꽃을 수놓았지. 둘이서 똑같은 견본을 보고 같은 방석에 앉아 같은 노래를, 같은 박자로 함께 불렀지. 마치 우리들은 두 개의 손과 몸, 소리, 그리고 마음이 하나가 된 듯했어. 그렇게 우리는 자라났지. 마치 두 개의 앵두처럼, 겉보기에는 두 개로 나누어져 있지만, 나뉘어진 부분으로 하나가 되는 것, 가지 하나에 붙어 있는 두 개의 아름다운 열매였지. 겉보기에는 몸이 두 개였지만, 마음은 하나였어, 두 개의 몸이라 하지만 그것은 문장(紋章)에서처럼 남편의 것과 아내의 것이 하나로 합쳐진 것과 같았어. 이토록 먼 옛날로부터 결합된 우정인데, 그것을 갈라내어 남자들과 함께 가련한 친구를 놀려대는 일에 합세하고 있느냐? 친구답지 못한 일이야. 처녀답지도 못해. 나뿐만 아니라 여자라면 누구나 너를 비난할 것이다. 상처 입는 사람은 나뿐이지만.

허미아 놀랐어, 왜 이토록 화를 내지. 나는 너를 놀려대지 않았어. 네가 날 놀리고 있는 듯하다.

헬레나 라이산더가 나를 쫓아와, 눈이 빛난다느니 얼굴이 예쁘다느니 추켜세우면서 놀려댄 것은 네가 시킨 일이지? 그뿐이랴, 디미트리우스가 지금까지 나를 헌신짝처럼 찼는데, 갑자기 나를 보고 여신이다, 숲의 정(精)이다, 천사다, 보석이다 하며 주접을 떤 것도 네가 시킨 일이지? 나를 증오한다면서 어떻게 그런 말을 하지? 어째서 라이산더가 가슴에 끓어오르는 너에 대한 사랑을 부정하면서까지 내게 애정을 바치고 있느냐 그 말이야. 이 모든 일이 너와 작당해서 그가 시킨 일이지? 비록 내가 너만큼 남자들의 사랑을 받지 못하고, 애인들이 따르지 않고, 행복하지도 않으며, 사랑하면서도 사랑을 받지 못하는 비참한 여인이긴 하지만, 이 일을 네가 동정해야지 경멸해서야 되겠어?

허미아 네가 하는 말을 전혀 이해할 수 없구나.

헬레나 그래 좋아! 시치미를 떼고, 억지로 슬픈 표정을 지어라. 내가 등을 돌리고 가면 입을 삐쭉거리겠지. 서로 눈짓을 주고받으며 농담을 계속하거라. 잘 꾸민 연극이다. 역사에 남을 일이다. 너에게 티끌만큼의 동정이나 호의나 예의가 있다면, 나를 이 같은 웃음거리로 만들진 않았을 것이다. 그래도 좋아, 잘 있어, 반은 내 잘못이야. 내가 죽든지 없어지면 일은 해결되겠지.

라이산더   기다려, 착한 헬레나, 내 말도 들어다오. 나의 연인, 나의 생명, 나의 영혼, 아름다운 헬레나!

헬레나   아주 능숙하셔!

허미아   제발 저 애를 놀리지 말아요.

디미트리우스   허미아가 부탁해도 안 들으면 주먹다짐으로 입을 틀어막겠다.

라이산더   허미아의 애원도, 너의 주먹도 다 소용없다. 너의 위협도, 허미아의 기원도 무력할 뿐이야. 헬렌, 당신을 사랑하오. 내 목숨을 걸고 사랑하오. 내 사랑을 부정하는 자는 그냥 두지 않겠다는 것을 당신을 위해서라면 버려도 좋을 이 목숨을 걸어 맹세하오.

디미트리우스   저 녀석보다 나는 당신을 더 사랑하오.

라이산더   네놈이 그렇게 말한다면, 칼을 뽑아 입증하라.

디미트리우스   좋다, 덤벼라!

허미아   라이산더, 어떻게 된 일이에요?

라이산더   비켜, 에티오피아 여인.

디미트리우스   안 돼, 안 돼. 이놈은 일부러 당신을 뿌리치는 흉내를 낼 뿐이야. 아무리 안간힘을 써도 너는 나를 따라올 수 없다! 너는 허깨비로구나. 꺼져라.

라이산더   놔라, 요 팽이 같은 것, 성가신 것, 더러운 것 같으니! 놓으라니까, 놓지 않으면 뱀처럼 뿌리치겠다.

허미아   어째서 갑자기 난폭해졌어요? 어떻게 이렇게 변했어요, 여보?

라이산더   여보라고? 꺼져라, 검둥이 년, 꺼져! 쓴 약처럼 없어져라! 흉측한 것!

허미아   당신, 농담이시겠지?

헬레나   아무렴, 농담이지. 너도 농담이고.

라이산더   디미트리우스, 약속은 꼭 지키겠네.

디미트리우스   너의 약속은 신용할 수 없어. 증거가 필요해. 약한 여인이 소매를 끌고 있으니 믿을 수 없어.

라이산더   아니, 이 여인을 때려서 상처를 입혀 죽이란 말이야? 아무리 미워해도, 그 여인에게 상처를 입힐 수는 없어.

허미아   뭐라고요? 증오 이상으로 큰 상처가 있나요? 밉다고요? 내가! 왜요? 무슨 일이 있었나요? 나는 허미아예요. 당신은 라이산더가 아닌가요? 그전과 마찬가지로 지금도 여전히 아름답죠. 어젯밤까지는 사랑해주셨어요. 그러나 어젯밤에 제 곁을 떠났죠. 아, 맙소사, 저를 내버린 것이 진정이신가요?

라이산더   진정이고말고! 두 번 다시 당신 얼굴을 보고 싶지 않았어. 그러니 희망을 버리고, 질문을 삼가고, 의심을 버려요. 이 이상 더 확실한 일은 없어. 농담이 아니야. 당신을 미워해. 헬레나를 사랑해.

허미아 아, 어쩌면 좋아! (헬레나에게) 요 사기꾼! 꽃벌레! 사랑의 강도! 지난밤 몰래 기어들어, 내 연인의 마음을 훔쳤지?

헬레나 잘한다! 부끄러움도 수줍음도 없니? 창피하지도 않아? 뿔다귀가 나서 성급하게도 내 회답을 듣고 싶지? 너무한다, 너무해. 거짓말쟁이! 요 꼭두각시야!

허미아 꼭두각시? 아, 그래. 그래야 판이 살지! 이제 알았어. 이 여자는 두 사람의 키를 비교하고 있었군. 그러고는 자신의 키 높이를 강조하고 있었네. 그녀의 날씬한 몸매로, 훤칠한 키로, 저분의 마음을 녹였구나. 그 때문에 저분에게 높이 평가되었군. 나는 땅딸이 난쟁이같이 생겼거든? 너는 장대 같은데, 나는 얼마나 땅딸보냐? 말해봐, 내 키는 얼마나 작아? 아무리 작아도 내 손톱은 네 눈에 닿을 수 있어.

헬레나 두 분 남정네들이 나를 희롱하는 것은 상관없지만, 저 애가 나를 해치지 않도록 부탁합니다. 난 싸움패가 아니에요. 말괄량이 소질도 없단 말입니다. 겁 많은 처녀에 지나지 않아요. 제발 저 애가 나를 때리지 않도록 해주세요. 여러분들은 나보다 저 애가 작으니까 내가 저 애를 당해 낼 수 있다고 생각하시겠지만, 그렇지 못해요.

허미아 내가 작다고? 저 소리 들어보지!

헬레나 허미아, 너무 나를 괴롭히지 마라. 허미아, 나는 언제나 너를 사랑했어. 너의 비밀은 언제나 지켜주었으며, 너를 배반한 적도 없어. 꼭 한 가지, 디미트리우스를 사랑한 탓으로, 네가 이 숲속으로 도망쳤다는 말은 했어. 그는 네 뒤를 쫓아갔어. 나는 사랑 때문에 그의 뒤를 쫓은 거야. 하지만 그 사람은 돌아가라고 야단치고, 나무라며, 때리겠다, 걷어차겠다, 죽이겠다고 위협했어. 그러니 지금 나를 조용히 돌아가게만 해주면, 나는 어리석은 이 몸을 움켜쥐고 아테네로 가서, 이 이상 더 너를 뒤쫓지 않겠어. 가게 내버려둬. 내가 얼마나 순진하고 어리석은 아이인지 이젠 알겠지.

허미아   그래, 어서 돌아가! 누가 너를 붙들겠니?

헬레나   나의 어리석은 마음이지. 그것을 놔두고 갈게.

허미아   뭐라고! 라이산더에게?

헬레나   디미트리우스에게.

라이산더   걱정하지 마, 헬레나. 허미아는 당신을 해치지 않을 테니.

디미트리우스   절대 그럴 수 없지, 네가 이 여자 편을 들더라도.

헬레나   벌컥 화를 내면, 기민하고 영악해요. 학교 때부터 여우처럼 난폭했죠. 몸집은 작지만 앙칼진 성미랍니다.

허미아   또 작다고 하네! 키와 몸뚱이가 작다는 타령뿐이구나. 나를 이토록 업신여기니 가만히 있을 수 없네. 요 계집애 맛 좀 봐라, 덮치자!

라이산더   꺼져라, 요 난쟁이야. 땅딸이, 꼬마, 콩알, 도토리.

디미트리우스   넌 참견이 심해. 헬레나는 너의 잔심부름을 탐탁히 여기지 않아. 이 여자에게 참견 마라. 헬레나 이름을 입 밖에 내지

마. 이 여자 편들 것 없다. 알겠는가, 이 여자를 사랑하는 체하지 마라. 계속 하면 내버려두지 않겠다.

라이산더 이젠 이 여자로부터 해방이로구나. 자, 따라오너라, 용기가 있으면. 네놈이냐, 나냐. 누가 헬레나를 품에 안으려는지 칼로 결판내자.

디미트리우스 따라오라고? 안 돼, 어깨를 나란히 해서 걷자.

　라이산더와 디미트리우스 퇴장

허미아 대단한 여자로군. 이 소동은 너 때문이야. 아 아니, 도망칠 필요는 없어.

헬레나 나는 너를 믿을 수 없어. 나는 너와 더 이상 싸우고 싶지 않아. 싸울 때 네 손이 나보다 빠르다는 것을 알고 있어. 하지만 도망칠 때는 내 발이 더 빠르지.

허미아 놀랐군, 할 말을 잊었어. (퇴장)

　오베론과 퍼크, 앞으로 나온다.

오베론 네놈이 태만한 탓이다. 네놈은 언제나 실수를 하든가, 장난질 치든가 둘 중의 하나야.

퍼 크 요정의 왕이시여, 믿어주세요, 이번만은 실수였어요. 아테네인의 복장을 했으니 척하면 알 수 있다고 임금님께서 말씀하지 않으셨습니까? 제가 한 짓은 이 문제에 관한 한 무죄올시다. 아테네인의 눈에 사랑의 묘약을 칠하는 문제에 관한 한 저는 분부대로 했으니 유쾌하기 그지없습니다. 물고 뜯고 싸우는 싸움판은 눈요깃감이었습니다.

오베론 알겠는가, 두 연인들은 결투장을 찾고 있다. 그러니 퍼크, 어서 밤의 장막을 펼쳐라. 별이 빛나는 저 하늘의 지옥의 아케론 산처럼 캄캄한 안개가 뒤덮이도록 하라. 그렇게 해서 저 살기등등한 연적들이 길을 잃도록 하라. 좌우지간에 두 사람이 만나지 않으면 된다. 때로 너는 라이산더 목소리를 흉내 내어 디미트리우스에게 욕바가지를 퍼부어 그를 노하게 만들고, 때로는 디미트리우스의 음색으로 악담을 늘어놓아 두 사람을 따로따로 떼어놓도록 인도하라. 그러는 동안 죽음 같은 깊은 잠이 두 사람 눈꺼풀 위에 납덩이 같은 걸음걸이로 박쥐 날개 펴듯이 다가올 것이다. 그때를 놓치지 말고 이 풀잎의 즙을 짜서 라이산더의 눈에 뿌려야 한다. 이 약물이 효험을 발휘해, 그가 잘못 보던 것을 바로 보게 할 것이다. 그리하여 그전처럼 사물을 보는 힘을 회복할 것이다. 그들이 이번에 눈을 뜨면, 이번의 헛소동이 한낱 꿈이요, 부질없는 환상임을 알게 되어 연인들은 사이좋게 아테네로 돌아갈 것이다. 그런 다음 그들의 애정은 죽을 때까지 변함없으리라. 이 일은, 퍼크, 네게 맡겨둔다. 나는 왕비로부터 인도 소년을 얻으련다. 이 일이 잘 풀리면, 괴물에 홀려 미쳐 있는 그녀의 눈을 정상으로 회복시켜, 세상만사 평화를 얻으리라.

퍼 크 요정의 왕이시여, 이 일은 급히 서둘러야 합니다. 밤의 여신을 태운 수레를 끄는 용들이 구름을 헤치고 갔기에, 저 하늘 끝자락에 새벽의 여신 아우로라가 보이기 때문이죠. 저것이 다가오면, 여기저기 헤매는 유령들이 떼 지어 무덤으로 돌아갑니다. 십자로나 바닷속에 묻힌 떠오르지 못하는 망령들은 이미 구더기가 들끓는 잠자리로 돌아갔습니다. 아침 햇살에 그들의 처참한 몰골을 보여주기 싫어서죠. 그들은 일부러 빛을 멀리하고 있습니다. 영원히 검은 얼굴의 밤과 함께 지나기 때문입니다.

오베론　하지만 우리는 그들과는 전혀 다른 정령이다. 나는 곧잘 아침의 연인 오로라와 노닥거린다. 마치 숲지기처럼 숲속을 거닐며 동녘 하늘이 붉게 타오르며 빨갛게 물들 때, 넓은 바다 암녹색 물결이 아름답고 은혜로운 빛으로, 차츰 금빛으로 변하는 것을 바라보곤 했지. 그건 그렇고 서둘러라. 꾸물대지 말고 아침 해가 떠오르기 전에 이 일을 처리해야 한다. (퇴장)

퍼　크　위로 아래로, 위로 아래로, 너희들을 위로 아래로 끌고 다니련다. 들에서나 마을에서나 천하장군 퍼크 나리다. 악귀야, 요것들을 위 아래로 끌어라. 한 놈이 오는군.

　　라이산더 등장.

라이산더　어디 있느냐, 디미트리우스? 대답하라.

퍼　크　여기다, 악당. 칼을 뽑고 기다리고 있다. 네놈은 어디냐?

라이산더　그래, 곧 가마.

퍼 크　따라오너라. 평평한 땅으로 가자. (퍼크의 소리 따라 라이산더 퇴장)

　　　디미트리우스 등장.

디미트리우스　라이산더, 이놈아! 대답하라. 도망자, 겁쟁이, 어디로 뛰
　　　었느냐? 말하라! 덤불 속이냐? 어디다 머리를 감추었느냐?

퍼 크　뭐라고, 겁쟁이, 너 별 쳐다보고 으스대냐. 덤불을 상대로 결
　　　투하려는가? 이놈, 겁쟁이, 풋내기! 네놈은 몽둥이찜질이야,
　　　네놈한테 칼을 빼봤자 손만 더럽혀.

디미트리우스　요놈, 거기 있구나?

퍼 크　내 목소리를 따라오너라, 여기선 싸울 수 없다. (디미트리우스,
　　　퍼크, 목소리 따라 퇴장)

　　　라이산더 등장.

라이산더　언제나 앞장서서 도전해 오네. 그놈이 부르는 곳에 가보면
　　　흔적도 없어. 요 악당 놈 발이 나보다 빠르네. 나도 급히 뒤쫓
　　　지만 더 빨리 도망치니. 꼼짝 못 하게 울퉁불퉁한 어두운 곳에
　　　서 길을 잃었네. 여기서 잠시 쉬었다 가자. (눕는다)
　　　새벽이여, 밝아라. 조금이라도 훤히 밝혀주면, 나는 반드시 디
　　　미트리우스를 찾아내어 복수를 해야지. (잠든다)

　　　퍼크, 디미트리우스 등장.

퍼 크　호, 호, 호! 비겁한 놈, 왜 따라오지 못해?

디미트리우스 기다려, 용기가 있으면. 나는 알고 있다, 네놈이 아까서부터 이리저리 피하고만 있다는걸. 멈추어 서서 나와 맞상대하기 싫어서지. 지금은 어디 있냐?

퍼 크 여기다, 여기 있다.

디미트리우스 요 녀석, 나를 놀려대네. 아침 녘에 네놈을 만나기만 하면 혼쭐을 빼놓을 테다. 지쳤으니 싸늘한 땅 위에서 몸을 쉬도록 하자. 아침이 되면 만날 테니 단단히 각오하고 있으라. (잔다)

　　헬레나 등장.

헬레나 아, 지루한 밤이여, 길고 권태로운 밤이여, 그 시간을 축소시켜다오! 동녘 하늘에서 태어나는 위안이여, 그 빛을 던져다오. 내가 아침 햇살을 받고 아테네로 가도록 해다오. 잠이여, 슬픔의 눈을 감겨주는 잠이여, 살짝 내 눈에 밀려와 내가 싫어하는 친구를 피하게 해다오. (옆으로 누워 잠든다)

퍼 크 아직도 셋뿐인가? 한 사람 더 오너라. 같은 짝 둘이면 넷이 된다. 오는구나, 지쳤네, 슬퍼하네. 큐피드는 심술쟁이. 고이 잠들라, 네 눈꺼풀에 약을 발라주마, 가여운 연인이여. (라이산더의 눈에 꽃즙을 떨어뜨린다)

그대 깨어나면, 그대 눈동자에 비치는 옛 연인의 기쁜 모습이여. 옛날 옛적 말에도 있듯이 자신의 것은 자기 것, 가련한 연인을 미치게 만들다니!

허미아 등장.

허미아 이토록 지치고, 이토록 슬픈 적이 없었어. 이슬에 흠뻑 젖고
장미 가시에 찢겼네. 더 이상 길 수도 없고, 갈 수도 없어. 마
음은 간절하지만 다리가 말을 듣지 않아. 동이 틀 때까지 여기
서 쉬자. 하느님, 만일 싸움이 벌어지면, 라이산더를 지켜주십
시오. (누워서 잔다)

퍼 크 땅 위에 눈을 뜨면 보이는 것, 그녀는 또다시 그의 것, 그래서
세상은 기쁨인 것을. 남자가 여자를 품에 안으면, 모든 일은
척척 풀리게 된다. (퇴장)

제4막

제1장 같은 곳

라이산더, 디미트리우스, 헬레나, 그리고 허미아 여전히 잠들어 있다. 티타니아와 보톰 등장, 콩꽃, 거미줄, 부나비, 겨자씨 및 그 밖의 요정들이 뒤따른다. 오베론이 아무에게도 보이지 않는 상황에서 배후로부터 등장.

티타니아 여기 와서 이 꽃침대 위에 앉으세요. 그러면 나는 당신의 귀여운 뺨을 어루만지며, 당신의 매끄럽고 부드러운 머리에 사향 장미를 꽂고, 아름답고 큼직한 귀에 입 맞춰 드릴게요.

보 톰 콩꽃은 어디 있는가?

콩 꽃 여기 있습니다.

보 톰 내 머리를 긁어다오, 콩꽃이여. 거미줄은 어디 있는가?

거미줄 네, 여기 있습니다.

보 톰 거미줄, 너는 무기를 들고 가서 엉겅퀴 위에 앉아 있는 붉은 엉덩이 벌을 죽여라. 그리고 나서 꿀단지를 갖다주게. 하지만 이 일 때문에 너무 안달하지는 말게. 꿀단지가 깨지지 않도록 조심하게. 자네 머리 위에 꿀단지가 쏟아지면 곤란하네. 겨자씨는 어디 있는가?

겨자씨 여깁니다.

보 톰 겨자씨, 악수하자. 인사는 그 정도로 하면 족하네.

겨자씨 용건은 무엇입니까?

보 톰 별일 아니네. 거미줄 양반을 도와서 내 머리 좀 긁어다오. 이 발소에 가야겠어. 얼굴이 온통 털북숭이 된 느낌이야. 나 이래 봬도 신경이 예민한 당나귀여서 털 때문에 근질근질해서 견딜 수 없어.

티타니아 님이여, 음악을 좀 들어보시렵니까?

보 톰 나는 음악을 들을 줄 아는 귀를 지니고 있어. 화젓가락과 뼈다 귀를 가져오너라.

티타니아 아니면 당신 무엇을 좀 잡수실까요?

보 톰 여물 한 통 먹어야겠소. 건초 몇 다발도 얹어주시오. 달콤하고 좋은 건초보다 더 좋은 음식은 없으니까.

티타니아 용감한 요정을 보내 다람쥐 창고를 뒤지게 해서 새로 딴 호 두를 가져오게 하죠.

보 톰 그것보다는 마른 콩을 먹고 싶소. 사실이지 나는 지금 잠이 자 고 싶으니, 모두들 조용히 있도록 부탁하고 싶소.

티타니아 잠드세요, 제가 이 가슴에 안아드릴게요. 요정들아, 모두들 비켜라, 모두들 가거라. (요정들 퇴장)
이토록 덩굴이 인동덩굴나무를 부드럽게 갈듯이, 담쟁이덩굴 이 느티나무 가지에 얽히듯이 나는 당신을 몹시 사랑해요! 당신 을 사모해요! (그들은 잠든다)

퍼크 등장.

오베론 (앞으로 나서며) 이봐라, 퍼크, 이 아름다운 광경이 보이느냐? 나는 그녀의 사랑에 대해서 측은한 생각이 든다. 조금 전에 숲속에서 그녀를 만났을 때, 그녀는 이 저주스러운 바보를 위해 향기로운 꽃을 찾고 있기에, 그녀를 나무라다 보니 그녀와 싸우게 됐다. 그때에는 이미 이놈의 털북숭이 이마에 신선한 향기를 내뿜는 이 화관을 씌우고 있었다. 그리하여 꽃봉오리에 맺혀 있는 이슬방울이 동양의 진주처럼 눈부시게 빛나고 있었는데, 지금 그녀의 눈은 작은 꽃들의 눈꺼풀인 양 나의 불명예를 슬퍼하는 눈물방울이 되어 떨고 있다. 내가 그녀를 조롱대며 책망하였더니, 그녀는 얌전하게 참아달라고 간청했다. 나는 그녀에게 덮쳐온 아이를 요구했더니 즉석에서 승낙하여, 요정을 시켜서 그 아이를 요정의 나라인 내 정자에 보냈다. 지금 이 아이를 수중에 넣었으니, 그녀의 눈으로부터 마술을 풀어주어야겠다. 그러니 퍼크, 너도 이 당나귀 대가리를 얼간이 아테네 사람의 목에서 떼어주도록 하라. 그리하여 다른 녀석들과 함께 이놈이 눈을 뜨면, 모두들 아테네로 돌아가서 이 모든 일이 꿈속에서 일어난 어처구니없는 소동이라고 알려주어라. 우선 내가 티타니아의 악몽을 풀어줘야겠다. (꽃즙을 짜서 그녀의 눈꺼풀에 떨어뜨린다)
너의 옛날 모습으로 돌아가거라, 너의 옛날 눈으로 돌아가거

라. 큐피드의 꽃의 마력보다는 디아나의 꽃봉오리에 더 큰 은혜가 있으라. 자, 나의 사랑 티타니아여, 왕비여, 눈을 뜨고 깨어나라.

티타니아 (깨어나며) 오베론! 나는 이상한 꿈을 꾸었어요! 당나귀에 반해서 들떠 있었어요.

오베론 저기 그대의 연인이 누워 있소.

티타니아 어째서 이 같은 일이 일어날 수 있죠? 아, 나는 지금 이 몰골을 쳐다보기도 싫어요!

오베론 잠깐만 조용히 하라. 퍼크, 그 머리를 벗겨주어라. 티타니아, 음악을 연주하도록 하오. 이 다섯 사람을 깊은 잠 속에 빠지도록 합시다.

티타니아 자, 음악이다! 잠들게 하는 음악이다! (조용한 음악)

퍼 크 (보톰의 머리에서 당나귀 머리를 떼어놓는다) 네가 깨어나면, 본래 지녔던 어리석은 눈으로 세상을 보라.

오베론 음악을 고조시켜라! 왕비여, 손을 잡읍시다. 그러고 나서 다섯 사람이 잠드는 이 땅을 흔들어줍시다.

　　오베론과 티타니아 춤춘다

우리 둘은 사랑 속에서 새로 결합되었소. 내일 밤 앞날을 축복하며, 테세우스 공작 혼례식에서 기쁨 속에 흥청거리며 춤을 추고, 자손의 번영을 축하해줍시다. 이 두 쌍의 연인들도 테세우스와 함께 결혼식을 성대하게 하도록 만들어줍시다.

퍼 크 요정의 임금님, 들어보세요, 아침에 우짖는 종달새 소리를.

오베론 왕비여, 갑시다. 묵묵히 신중하게 사라져가는 밤의 그림자를 좇아, 흐르는 달보다 더 빠른 속도로 지구를 한 바퀴 돌고 돌면서.

티타니아 그래요, 갑시다. 날며 갑시다. 말해주세요, 어째서 이 밤에 이들 인간들과 이 땅 위에 누워서 제가 잠들며 꿈꾸고 있었는지를. (요정들 퇴장. 네 연인들과 보톰은 잠들어 있다)

　　안에서 뿔피리 소리 들린다. 테세우스, 히폴리타, 에게우스 그리고 시종들 등장.

테세우스 누구든지 가서 산지기를 불러오너라. 이것으로 오월제의 행사도 무사히 끝났다. 하지만 오늘 이제부터이니, 사랑하는 히폴리타에게 사냥개들의 음악을 들려주고 싶다. 서쪽 계곡에 사냥개들을 풀어 놔라. 자, 어서 가서 산지기를 불러오너라. (시종 퇴장) 아름다운 히폴리타, 우리들은 저 산꼭대기에 올라가서, 사냥개들이 일제히 짖어대는 요란한 소리와, 그 소리에 화답하며 메아리치는 음악을 들어봅시다.

히폴리타 옛날에 나는 헤라클레스, 카드모스와 함께 크레타섬 숲에 가서 사냥개들을 풀어놓고 곰 사냥을 한 적이 있어요. 그때 용맹스럽게 짖어대던 사냥개 울음소리를 잊을 수 없어요. 그것은 마치 숲과 하늘과 샘물이 한꺼번에 소리를 지르는 것과 같았죠. 그토록 아름다운 불협화음, 그토록 기분 좋은 우렛소리는 한평생 들어본 적이 없어요.

테세우스　내 사냥개들은 몽땅 스파르타 종자이기 때문에, 턱은 늘어
지고 털빛깔은 갈색이며, 머리에는 아침이슬을 떨쳐버릴 수
있는 큰 귀가 달리고, 무릎은 굽고, 가슴은 테살리아 황소처럼
군살이 철렁댔지. 뒤쫓는 걸음은 느렸지만, 짖는 소리는 흡사
크고 작은 종(鍾)들처럼 잘 조화를 이루고 있었지. 그토록 높낮
이가 맞아떨어지는 사냥개 무리들의 합창은 크레타, 스파르
타, 테살리아에 있는 어떤 사냥꾼들도 그들의 뿔피리로 반주
해본 적은 없을 것이다. 들어보면 알 수 있어. 한데, 누구야,
저 숲의 여신들은?

에게우스　공작님, 이곳에 잠들어 있는 것은 제 딸자식입니다. 여기에
라이산더가 있고, 또 저기에는 디미트리우스, 이곳에는 헬레
나, 늙은 네다의 딸이 있죠. 어째서 넷이 옹기종기 있는지 저
는 알 수 없습니다.

테세우스　아마도 오월제의 꽃을 따기 위해 일찍 일어나 이 숲에 왔을
것이다. 그러자 우리들 축제 얘기를 듣고 인사를 드리려고 이
곳에서 기다리고 있었을 것이다. 그건 그렇고, 에게우스, 오늘
틀림없이 허미아가 누구를 선택할 것인지 대답하는 날이지?

에게우스　그렇습니다, 공작님.

테세우스　사냥꾼들에게 일러 뿔피리를 불어 네 사람을 깨우도록 하
라.

안에서 뿔피리 소리. 네 연인들 잠을 깨며 일어난다

안녕들 한가. 성(聖) 밸런타인 날은 지났는데, 이 숲의 새들은 아직도 연인 상대를 찾고 있는가?

라이산더 용서하십시오, 공작님.(연인들, 무릎을 꿇고 있다)

테세우스 모두들 일어나게. 너희들 둘은 사랑싸움의 적수들이지. 그런데 어찌 된 일로 이토록 사이가 좋아졌는가. 서로 증오하면서도 아무런 질투심도 없이, 서로 두려워하면서도 증오하는 원수와 함께 잠을 자다니?

라이산더 어리둥절해서 확실히는 모르지만 답변하겠습니다. 반은 잠들고 반은 깬 상태라서 아직도 어떻게 이곳까지 왔는지 기억이 없습니다만, 진실을 말씀드리려고 지금 생각해보니 저는 아테네로부터 도망가기 위해 허미아와 함께 이곳에 왔습니다. 아테네 법의 위험을 피해보자는 심산이었습니다.

에게우스 그것으로 충분합니다, 공작님. 그만하면 충분한 증거가 됩니다. 이 사람에게 법의 심판을 청원하옵니다. 두 사람은 사랑의 도피를 꾀하려 했습니다. 디미트리우스, 너와 나를 빼돌리고 말이야. 그리하여 너로부터는 아내를, 나로부터는 허락을 ─ 딸을 너에게 주려는 허락을 탈취코자 했어.

디미트리우스 공작님, 실은 아름다운 헬레나로부터 두 사람의 사랑의 도피에 관해서, 이 숲에서 서로 만나기로 약속했다는 얘기를 듣고, 저는 울화가 치밀어 여기까지 뒤쫓아왔던 것입니다. 그

랬더니 헬레나도 저를 사모해서 따라왔습니다. 하지만 어떤 힘에 이끌려 왔는지 알 수 없습니다 — 그러나 어떤 힘이 작용 했던 것만은 분명합니다. 허미아에 대한 저의 사랑은 눈처럼 녹아버려, 어릴 때 몰두했던 귀중한 장난감이, 지금은 보잘것 없는 추억에 지나지 않는다는 느낌 정도죠. 저의 사랑의 진실은, 제 가슴속 깊이 있는 것은, 제 눈이 찾고 있는 것이요, 위안이기도 한 헬레나입니다. 공작님, 헬레나는 제가 허미아를 만나기 전에 약혼을 약속한 사이입니다. 병들었을 때 싫어한 음식을, 건강해지니 저절로 다시 찾게 된 꼴이 되었습니다. 지금은 이 음식을 찾아, 사랑하고 그리워하며 영원히 충실해지고자 하는 일념뿐입니다.

테세우스 사랑하는 젊은이들이여, 잘들 만났다. 이 얘기는 나중에 천천히 듣도록 하자. 에게우스, 그대의 뜻을 짓누르는 격이 되지만, 나는 이 두 쌍의 연인들을, 우리들과 함께 신전으로 인도해서 영원한 사랑의 맹세를 하도록 하겠다. 아침나절의 시간도 어지간히 지난 듯하니 사냥 계획은 취소하도록 하겠다. 모두들 함께 아테네로 돌아가자. 세 쌍 연인들의 행복한 결연을 축하해서 잔치를 벌이자. 갑시다, 히폴리타. (테세우스, 히폴리타, 에게우스, 시종들 퇴장)

디미트리우스 아득한 저 산들이 구름 속에 사라지듯이, 모든 일이 하찮은 일이 되어 가물가물 사라지네.

허미아 지금까지의 일들이 따로따로 눈에 띈 듯해서, 이중(二重)으로 보이기만 하네요.

헬레나 나도 그래, 디미트리우스는 내가 길에서 주운 보석처럼 느껴져요. 내 것 같기도 하고, 남의 것 같기도 하고.

디미트리우스 확실해? 우리가 깨어 있는 것이? 아직도 자면서 꿈을 꾸고 있는 기분이야. 정말로 공작님은 우리들 보고 따라오라 했는가?

허미아 그래요, 아버지도 계셨어요.

헬레나 히폴리타도 있었죠.

라이산더 공작님은 신전으로 오라고 하셨어.

디미트리우스 그렇다면 깨어 있는 것이다. 공작님 뒤를 따르자. 걸어가면서 우리들 꿈 얘기를 털어놓자. (퇴장)

보 톰 (깨어나면서) 내 차례가 오면 말해달라, 대사를 할 테니. 내 대사의 다음 시작은 '아름다운 나의 피라모스여'이다. 여봐, 피터 퀸스! 풀무장이 플루트? 땜장이 스나우트? 스타블링? 이거 웬일이야! 나를 잠들게 해놓고 모두들 뺑소니쳤구나! 세상에도 희한한 광경이었어. 내가 본 꿈 말일세. 그 꿈이 어떤 꿈인지는 인간의 지혜로선 어림도 없다. 이 꿈을 해몽하겠다고 껍적대는 녀석들은 어리석은 당나귀 같은 놈들이지. 내가 어떻게 되었는지 — 무엇이 되었는지 말할 수 있는 작자들이 있을까 보냐. 내가 — 내 머리에 — 무엇이 솟아났는지 말할 수 있다고 하는 놈은 얼간이 개뼈다귀다. 일찍이 인간의 눈이 듣지도 못하고, 인간의 귀가 보지도 못한 것이지. 일찍이 인간의 손이

맛보지도 못하고, 인간의 혓바닥이 생각도 못한 일이지. 내가 본 것은 일찍이 인간의 마음이 지껄여보지도 못한 해괴망측한 꿈이었다. 피터 퀸스에게 부탁해서 이 꿈에 노래를 붙여달라고 하자. 제목은 '보톰의 꿈'이다. 밑도 끝도 없는 꿈이기 때문이야. 이 노래를 공작님 앞에서 끝날 때 불러야지. 아니다. 더 재미있게 하려면, 티스베가 죽을 때 부르는 것이 좋겠어. (퇴장)

제2장 아테네, 퀸스의 집

퀸스, 플루트, 스나우트, 스타블링 등장.

퀸 스 보톰 집에 사람을 보냈는가? 아직도 집에 돌아오지 않았는가?

스타블링 소식이 있을 턱이 없지. 틀림없이 귀신이 되었다니깐.

플루트 그 녀석이 돌아오지 않으면 연극은 끝장이다. 해낼 도리가 없어, 안 그래?

퀸 스 해볼 재주가 없어. 아테네를 이 잡듯 뒤져봐도 피라모스를 해낼 사람은 달리 없지.

플루트 맞았어. 아테네 직업인 가운데서 그만한 재주 덩어리를 만날 수 없지.

퀸 스 풍채도 좋았어. 게다가 목소리 하나는 끝내줬어.

플루트 그럴 땐 '빼어났다'라고 말하는 법이야. '끝내줬다'니, 글쎄 매사에 꼴찌란 말이냐, 딱하다 딱해.

　　　스너그 등장.

스너그 여보게들, 공작님이 신전에서 나오신다. 그분 말고도 두세 쌍의 귀족들이 시집 장가든 모양이야. 우리들이 한마당 벌였으면 모두들 출세 길에 접어 들었을 텐데.

플루트 아, 보톰 나리가 계셨으면 오죽 좋았을까! 그 양반도 한평생 매일 육 펜스씩 척척 받아 챙겼을 텐데. 그의 피라모스를 보고 공작님이 하루 육 펜스씩 수당을 내지 않으면 내 목을 댕강 날려도 좋아. 보톰 녀석은 그만한 값어치가 있어. 피라모스 역은 하루 육 펜스씩 또박또박 거머쥐었을 텐데.

　　　보톰 등장.

보 톰 여봐라, 다들 어디 있냐?

퀸 스 보톰! 야, 신바람 난다! 얼씨구, 절씨구!

보 톰 여보게들, 세상에 기막힌 얘기 좀 들어보게나. 하지만 꼬치꼬치 캐묻지는 말게. 내가 몽땅 말할 수 있다면, 나는 진정한 아테네 사람이 아니네. 일어난 일을 차근차근히 털어놓겠네.

퀸 스 들려다오, 보톰.

보 톰 한마디도 할 수 없어. 내가 말할 수 있는 것은 공작님이 식사를 마치셨다는 것뿐이야. 여보게들, 의상을 걸치고 튼튼한 실로 수염을 조여라. 단화에는 새 리본을 달아야 해. 그리고 나서 즉시 궁전으로 집합이야. 각자 맡은 대사를 잘 살피도록. 요약해서 간단히 말한다면 우리 연극이 초청받았다, 이 말씀이야. 하여튼 티스베는 깨끗한 모시옷을 입어야 해. 사자 역은 손톱을 자르지 말게나. 사자의 손톱은 길게 뻗었어. 아뿔싸, 친애하는 배우 여러분, 양파나 마늘을 삼가시도록. 향긋한 입김을 뿜어대야 하기 때문이야. 그렇게 되면 틀림없이 우리 연극은 달콤한 희극이라는 칭찬을 받게 돼. 내 말은 요것뿐이다. 자, 가자! 가자! (일동 퇴장)

제5막

제1장 테세우스의 궁전

테세우스, 히폴리타, 필로스트레이트, 귀족 및 시종들 등장.

히폴리타 테세우스, 이들 젊은 연인들의 얘기는 정말 이상하군요.

테세우스 너무 이상해서 사실처럼 들리지 않소. 괴상하고 진귀한 얘
기라서 믿을 수도 없어요. 연인들과 광인들의 머릿속은 끓고
소용돌이쳐, 있을 수 없는 환영을 만들어낸다오. 그 때문에 냉
정한 이성으로는 어림없는 상상을 하죠. 광인과 연인과 그리
고 시인은 오로지 상상력 덩어리라해도 무방하오. 넓고 넓은
지옥이 포용도 못 할 악귀들을 광인들은 본다오. 연인도 이에
못지않게 미쳐 있어서 거무튀튀한 집시 여인 속에서 절세미녀
헬렌을 본다오. 시인의 눈은 황홀한 열광 속에서 너울거리기
에, 하늘에서 땅을 굽어보고, 땅에서 하늘을 우러러보죠. 상상
력이 미지의 사물을 그려봄에 따라, 시인의 펜은 그것에 대해
확실한 형태를 주며, 있지도 않는 텅 빈 무(無)에 대해 있어야
하는 장소와 존재하는 이름을 주고 있어요. 상상력은 그와 같
은 마술을 지니고 있기 때문에, 즐거움을 느끼고 싶다고 소망
하면, 그 기쁨을 중개하도록 상상력은 힘을 발휘하죠. 그러기

에 캄캄한 밤, 어떤 공포를 상상만 해도, 수풀은 순식간에 곰
으로 변한다오!

히폴리타　하지만 어젯밤 얘기를 몽땅 듣고 보니, 모두들 마음이 이상
하게 변했어요, 그것은 상상력이 만든 환영 이상의 것, 그 이
상의 힘이 현실적으로 작용했다고 보아, 놀랍게도 신비로운
얘기라 아니 할 수 없네요.

테세우스　기쁨에 넘쳐, 흥에 겨워 연인들이 오고 있다. 기쁨이여, 친
구들이여, 기쁨과 사랑의 청순한 세월이 그대들 가슴에 넘치
고, 넘치도록!

라이산더　그보다 더 풍성한 행운이 공작님 가시는 산책길 걸음마다,
식탁에도, 침실에도, 가득히 넘치도록 기원합니다!

테세우스　시작해보라, 어떤 가면극으로, 어떤 춤으로. 저녁을 마치고
침실에 들기까지의 세 시간을, 그 지루하고 따분한 시간을 메
워줄 것인가? 놀이 담당 책임자는 어디 있는가? 어떤 여흥이
준비되어 있는가? 괴로운 시간의 고통을 덜어줄 연극은 없는
가? 필로스트레이트를 불러들여라.

필로스트레이트　(앞으로 나서며) 여기 있습니다, 공작 각하.

테세우스　오늘 저녁에는 어떤 오락을 마련했는가? 가면극이냐? 음악
이냐? 뭔가 즐거운 일이 없으면, 이토록 더딘 시간의 걸음을
어떻게 잊을 손가?

필로스트레이트　준비된 여흥 일람표가 여기 마련돼 있습니다. 무엇을
먼저 구경하실는지 선택해주십시오. (일람표를 넘겨준다)

테세우스   (읽는다) '괴물 켄타우로스와의 싸움, 하프 반주에 아테네 환

관의 노래' ─ 이건 사양한다. 내 친척 헤라클레스의 무용담은

이미 내가 히폴리타에게 들려주었노라.

(읽는다) '주신 바쿠스를 섬기는 무녀들의 분노, 트라키아의 가

수 오르페우스에게 폭행한 이야기?' ─ 이것은 낡은 취향이다.

지난번 내가 테베를 정복하고 개선했을 때 이 연극을 봤지.

(읽는다) '아홉 여신 뮤즈들이, 빈곤 속에서 병들어 이 세상을 하

직한 고명한 학자들을 애도하는 노래'? ─ 이건 풍자적이고, 너

무 비판적이어서 즐거운 결혼 축하연에는 어울리지 않아.

(읽는다) '젊은 피라모스와 그 연인 티스베의 지루하고도 간결한

비극적 희극의 장면? ─ 희극적 비극? 지루하고도 간결해? 그

렇다면 어둠 속의 불꽃, 불타는 눈 같은 거 아닌가! 이 같은 부

조화를 어떻게 조화시킨단 말인가?

필로스트레이트   공작 각하, 이 연극은 대사가 열 마디밖에 안 되는 길

이로서, 제가 아는 한 가장 간결한 연극입니다. 그런데 열 마

디밖에 안 되는 이 연극도 너무 늘어지게 길어서 지루한 연극

이 되었습니다. 그 까닭인즉, 이 연극 속에는 적절한 대사 한

마디 없기에, 역할에 맞는 배우라곤 한 사람도 없습니다. 공작

각하, 확실히 비극적입니다. 피라모스가 자살을 하니까요. 저

도 연습할 때 보았습니다만 솔직히 말씀드려, 이 눈은 눈물바

다였죠. 너무나 웃겨 헛배 잡고 대굴대굴 구르며 웃었습니다.

테세우스   어떤 패거리들이냐, 이 연극을 하는 사람들은?

필로스트레이트   이곳 아테네에서 손바닥에 비지땀을 흘리는 직공들입니다. 지금까지 머리 써서 일해본 적이 없기 때문에, 생전 처음으로 기억력을 가동하여 대사를 암기해서, 공작님 결혼 축하연에 연극을 보여드리려고 했습니다.

테세우스   좋다, 그 연극을 구경하자.

필로스트레이트   삼가십시오. 공작님이 보실 만한 것이 못 됩니다. 저도 몇 번 보았습니다만 참말로 아무것도 아니옵니다. 그저 공작님에게 티끌만 한 위안이라도 되었으면 하는 일념으로 대사를 얼기설기 엮었으니 고생해서 암기한 이들의 노고와 의도를 알아주신다면 그것으로 흡족하옵니다.

테세우스   그 연극을 보고 싶다. 순박하고 충실한 마음이 제공하는 일은 무엇이나 틀림없는 법이다. 그자들을 불러라. 부인들도 자리를 잡으시오. (필로스트레이트 퇴장)

히폴리타   보고 싶지 않아요, 충성심과 의무감으로 일을 하다가 실패하는 가련한 모습을 어떻게 봅니까.

테세우스   염려 말아요, 그런 일은 없을 테니.

히폴리타   하지만 그 사람 말로는 별 볼 일 없다잖습니까.

테세우스   별 볼 일 없는 일에도 고마워하는 것이 우리들의 각별한 친절심이오. 이들이 잘못하는 일을 좋게 보아주는 일도 흥겨운 일이오. 충성심을 갖고도 해낼 수 없는 일을, 결과로서가 아니라 그 열의를 보아 칭찬하는 일이 윗사람들의 기쁨이오. 언제던가, 어느 곳에서 대학자들이 나를 환영해서 미리 준비한 인사말을 하려 했는데, 내 앞에 서보니 몸이 떨리고 창백해져, 환영사가 갑자기 중단되었다오. 연습에 연습을 쌓은 말도 겁에 질려 목에 걸리고 소리가 막혀 입 밖에 내지 못했소. 결국 환영사는 사라진 거요. 하지만 히폴리타, 이 침묵 속에서도 나는 환영의 뜻을 건졌소. 겁에 질려 말 한마디 못 하는 충성스러운 마음의 겸손한 태도 속에, 겁 없이 들이대는 혀놀림 이상의 웅변을 읽을 수 있었소. 사랑과 혀가 묶인 순박한 마음은 말수가 적을수록 더 많은 것이 내 귀에는 들리죠.

  필로스트레이트, 다시 등장.

필로스트레이트 공작 각하, 서사역(序詞役)의 등장입니다.

테세우스 시작해보라.

  나팔 소리. 퀸스가 서사역으로 등장.

서사역 저희 연극을 보시고 기분이 상하시더라도 용서하세요. 우리가 하는 일이 선의의 발로지 악의가 아님을 알아주세요. 성의를 다하려는 것은 이 연극을 시작한 진정한 목적입니다. 성가시게 하려고 우리들이 나섰는지 모른다고 생각하세요. 여러분을 만족시키려는 생각은 없습니다. 그러나 여러분을 즐겁게 해드리고 싶어요. 여러분이 후회하실 정도라면, 우리들은 여기 오지 않았을 것입니다. 배우들은 기다리고 있습니다. 이들의 연극을 보시면, 여러분이 알고 싶은 모든 것을 알게 될 것입니다.

테세우스   어디서 어떻게 끝나는지, 이 사람은 구두점에 신경을 쓰지 않는군.

라이산더   성난 망아지처럼 말을 멈추지 않고 속사포처럼 지껄여대며 달렸군요. 덕택으로 좋은 교훈을 배웠습니다. 입만 놀린다고 말이 되는 것은 아니죠. 옳게 말을 해야 말이 되는 것입니다.

히폴리타   어린이가 피리를 불 듯이 말했죠 — 소리는 나지만 무슨 소린지 알 수 없어요.

테세우스   그의 말은 마치 서로 엉킨 쇠사슬과 같다 — 쇠사슬 하나하나는 손색이 없지만 연결이 잘못됐어. 다음은 누군가?

　　　피라모스, 티스베, 담벼락, 달, 사자 등장.

서사역   여러분, 이 광경을 보면 놀라시겠죠. 사실이 밝혀질 때까지 계속 놀라세요. 이 사람은 여러분이 아시다시피 피라모스입니다. 이 아름다운 여인은 티스베죠. 회칠과 흙벽칠을 한 이 사람은 담벼락입니다. 이 담벼락 갈라진 틈새로 두 연인은 사랑을 속삭입니다. 그러니 제발 놀라지 마세요. 개와 가시덤불과 등잔불을 든 이 사람은 달빛으로 분장한 것입니다. 두 연인은 달을 받으며 니노스의 무덤에서 만나 사랑을 하며 마음을 털어놓습니다. 진짜 무서운 존재는 이 사자입니다. 약속에 따라 티스베가 밀회 장소에 오면 위협하고 공갈해서 넋을 뺄 뿐 아니라, 도망가면서 그녀가 흘린 망토에 뛰어들어 사자는 피 묻은 입으로 그 망토를 물고 늘어지죠. 이윽고 그 장소에 날씬하고 잘생긴 피라모스가 나타나 피 묻은 망토를 보고 티스베는 죽었다고 생각합니다.

그래서 피를 부르며 피에 굶주린 칼을 뽑아 끓는 피로 용솟음치는 제 가슴을 힘껏 찔렀습니다. 죽었죠. 뽕나무숲에서 기다리던 티스베는 이것을 보고 피라모스의 칼로 스스로 목숨을 끊습니다.

나머지 얘기는 달빛과 사자와 담벼락과 연인들이 무대 위에서 자세하게 말해줄 것입니다.

　　서사역, 피라모스, 티스베, 사자, 달빛 퇴장

테세우스　사자가 말을 하는가?

디미트리우스　당나귀들이 설치며 바락바락 입을 놀리고 있는데, 사자한 마리쯤 말을 해도 이상할 건 없습니다.

담벼락　지금서부터 이 연극에서, 어찌 된 영문인지도 모르지만, 이 몸 스나우트가 담벼락의 역할을 합니다. 어떤 벽이냐고 물으신다면, 이런 담벼락입니다. 즉 이 담벼락에는 갈라진 틈새가 있어서, 두 연인 피라모스와 티스베가 이 사이로 불타는 가슴을 은밀하게 털어놓고 있는 겁니다. 이 진흙과 회칠과 돌멩이가 증거죠. 나는 틀림없는 담벼락이죠. 거짓말은 안 합니다. 좌우에 갈라진 틈새가 있기 때문에, 겁에 질린 연인들이 사랑을 속삭입니다.

테세우스　회칠이나 머리털이 이토록 말을 잘 할 수 있을까?

디미트리우스　요렇게 말 잘 하는 담벼락은 처음입니다.

　　피라모스 등장.

테세우스　피라모스가 담벼락에 접근했다, 쉬잇!

피라모스　오, 음산한 밤이여, 캄캄한 밤이여! 오, 밤이여, 낮이 가면 반드시 오는 밤이여! 오, 밤이여, 오, 밤이여, 어쩌면 좋아, 어쩌면 좋아. 티스베가 약속을 잊었다면 어쩌면 좋아! 그대 벽이여, 오 그립고 사랑스러운 담벼락이여, 그녀 아버지 저택과 내 아버지 저택 사이를 가르며 서 있는 담이여, 이 눈으로 볼 수 있도록 틈새를 보여다오.(담벼락이 손가락을 벌린다)
자비로운 담벼락이여, 감사하오. 신의 은총이 내리소서. 아, 보이는 것이 없네? 아무것도 안 보여. 티스베는 어디 있냐, 고얀 담이로다. 나의 사랑을 감추다니! 저주받을지어다, 담벼락 돌이여, 나를 속이다니!

테세우스　이 담벼락은 인간의 감정을 나타낼 수 있으니 틀림없이 저주의 앙갚음을 할 것이다.

피라모스　아니올시다, 공작님, 그렇게 될 수는 없습니다. '나를 속이다니' 라는 대사를 계기로 티스베가 등장하면, 소생은 담벼락 갈라진 틈새로 들여다보게 되어 있습니다. 보고 계십시오, 제가 말씀드린 대로 꼭 될 터이니. 그녀가 등장합니다.

　　티스베, 다시 등장.

티스베　　아, 담벼락이여, 여러 번 나의 한숨 소리를 들었을 것이다. 네가 나와 피라모스 사이를 갈라놓고 있기 때문이지. 이 입술이 여러 번 너의 돌에 닿았다. 회칠과 머리털을 섞어서 만든 너의 돌담에.

피라모스　　목소리가 보인다. 담벼락 틈새로 살짝 가서 들여다보자. 티스베의 얼굴이 들릴는지 모른다. 티스베!

티스베　　당신은 나의 영혼, 나의 연인, 그렇죠?

피라모스　　그렇고말고, 당신의 연인이야. 레안드로스처럼 충성스런 참사랑이지.

티스베　　헬레네처럼, 운명이 나를 멸망시킬 때까지 사랑할래요.

피라모스　　케팔로스가 프로크리스에게 바친 사랑도 이렇게 진실되지는 않았을 겁니다.

티스베　　그 케팔로스가 프로크리스에게 준 것 같은 사랑을 저는 당신에게 바치겠어요.

피라모스　　이 무정한 담벼락 틈새로 내게 키스해주세요.

티스베　　담벼락 구멍만을 키스할 뿐, 당신의 입술에 닿지 않아요.

피라모스　　니니의 무덤에서 나를 즉시 만나주시겠어요?

티스베　　살든 죽든 곧 가리라. (피라모스와 티스베 퇴장)

담벼락　　나는 이렇게 해서 담벼락 역할을 해냈습니다. 일이 끝났으니 담벼락은 퇴장합니다. (퇴장)

테세우스　　이웃 사람을 가르고 있던 담벼락이 무너졌습니다.

디미트리우스　　할 수 없습니다. 남의 얘기를 태연하게 엿듣기나 하는 담벼락이니깐요.

히폴리타   이런 엉터리 연극은 처음이에요.

테세우스   연극이란 최고의 것이라도 인생에 비하면 그림자에 지나지
않는 법, 그래서 최하의 연극도 상상력으로 보완하면, 인생의
그림자 이하는 될 수 없어.

히폴리타   하지만 그것은 당신의 상상력이지, 배우들의 것은 아니죠.

테세우스   배우들이 자신의 것을 상상할 정도로, 우리들도 그들을 상
상해주기만 하면 명배우는 탄생하게 마련이야. 아, 멋진 짐승
이 나타났네, 달빛과 사자 아닌가.

　사자와 달빛 등장.

사　자   귀부인들이여, 여러분은 마루 위를 기는 쥐 한 마리에도 겁을
낼 만큼 양순한 마음씨를 지녔으니, 성난 사자가 용감하게 울
부짖으면 아마 공포에 질려 부들부들 떨게 되겠죠.
그래서 말씀 올립니다만, 소생은 사실 소목장이 스너그, 이 무
서운 사자는 가짜올시다. 만약에 제가 진짜 사자가 되어, 이 자
리에서 사람을 죽이러 왔다고 한다면 큰일 나게요?

테세우스   아주 예의 바른 짐승이로군, 분별력도 있고.

디미트리우스   짐승으로서는 최고죠, 저도 처음 봤습니다만.

라이산더   용기로 따지면 이 사자는 여우입니다.

테세우스   맞았어, 지혜로 따진다면 멍텅구리 거위야.

디미트리우스   그렇잖습니다, 공작 각하. 저 남자의 용기로서는 지혜를

얻을 수 없습니다. 하지만 여우는 거위를 손아귀에 넣을 수 있습니다.

테세우스   하지만 저 남자의 지혜는 용기를 보면 도망갈 것이다. 거위는 여우를 보면 도망간다. 그 일은 저 남자의 지혜에 맡겨두고, 달빛이 하는 말에 귀 기울여보자.

달   이 등잔불은 뿔 돋친 초승달입니다.

디미트리우스   차라리 얼굴에 뿔이 났으면 좋았을걸.

테세우스   그는 초승달 얼굴이 아니다. 그의 뿔은 한가위 둥근달 속에 감춰져 있다.

달   이 등잔불은 뿔 돋친 초승달입니다. 저는 달 속에 사는 달빛입니다.

테세우스   이건 너무 했어. 지금까지 한 것 속에서도 가장 흉측한 잘못이다. 이 사람은 등잔불 속에 들어가야 돼. 그래야지 달 속에 산다고 할 수 있지.

디미트리우스   안에 들어갈 수는 없겠죠. 촛불이 타고 있으니깐요. 아니, 저 사람도 어찌 된 곡절인지 지글지글 타고 있는 듯합니다.

히폴리타   이 달은 권태로워요. 빨리 사라질 수는 없는가요.

테세우스   저 지혜의 빛이 희미해져가는 것을 보면, 저 달도 꺼져가고 있소. 그러니 예의로 보나 분위기로 보나 사라져버릴 때까지는 기다려야만 해요.

라이산더   달님이여, 다음으로 계속하라.

달　　소생이 아뢰올 말씀은 이 등잔불은 달이요, 저는 달집에 사는 사람이요, 이 덤불은 저의 덤불로서, 이 개는 우리 집 개가 된다는 내용입니다.

디미트리우스　　그것은 몽땅 등잔불 속에 있는 것이지. 모두 달 속에 있는 것이지. 쉬잇! 입을 다물자. 티스베가 오고 있네.

　　　티스베 등장.

티스베　　이곳이 니니의 무덤이군. 내 님은 어디 계시냐?

사　자　　으르렁 — !

　　　사자는 으르렁대고, 티스베는 망토를 떨어뜨리고 도망친다.

디미트리우스　　사자여, 잘 짖어댔다!

테세우스　　티스베, 도망치네!

히폴리타　　달빛이여, 훤히 잘도 밝혀주네.

　　　사자는 티스베의 망토를 입으로 물어 흔든 다음 퇴장.

테세우스　　잘한다, 사자여, 잘도 물어뜯네.

디미트리우스　　이렇게 해서 피라모스 등장하네.

라이산더　　이렇게 해서 사자가 퇴장하네.

　　　피라모스 등장.

피라모스　　그리운 달이여, 감사하오. 그대의 밝은 빛이여, 감사하오.

달이여, 잘도 밝게 비춰주었어요, 그대의 은혜로운 황금빛 찬란한 빛으로, 진실로 진실한 티스베의 모습을 보리라. 기다려라, 아, 슬픔이여! 기다려라. 보아라, 가련한 기사여, 이곳에 깔린 짙은 슬픔을. 눈이여, 보고 있느냐?

이럴 수가 있단 말이냐? 귀여운 거위여! 사랑스러운 거위여! 너의 망토는 산산이 조각나 찢기고 피로 붉게 물들었다. 복수의 신이여, 닥쳐오너라! 오, 운명이여, 닥쳐오너라. 오너라! 생명의 실오라기를 끊어라. 꺾고 무찌르고 결판내어 가라앉히라!

테세우스　구슬픈 이 대사도 연인의 죽음을 생각하면 들을 만하다.

히폴리타　젠장, 저 남자가 불쌍해 보이네요.

피라모스　오, 대자연이여, 어찌하여 사자 같은 것을 창조해냈던가요? 사자 때문에 연인은 꽃처럼 가셨나이다. 내 연인은 지금 이 순간까지 — 아, 견딜 수 없네 — 이곳에 살아서 사랑 받고 귀여움 받던 미인이었소. 눈물이여, 솟아올라라. 칼이여, 뛰쳐나와 상처를 입혀라. 이 피라모스의 가슴을. 그렇다, 왼편 젖가슴이다. 심장이 뛰고 있네. (자신의 가슴을 찌른다) 이렇게 해서 나는 죽어간다. 이렇게 해서 나는 죽는다. 이렇게 해서 나는 떠난다. 내 영혼은 하늘을 난다. 혓바닥이여, 빛을 꺼라. 달이여, 말하는 것을 멈추라! (달빛 퇴장)

나는 죽는다, 죽는다, 죽는다, 죽는다, 죽는다. (죽는다)

디미트리우스　숱하게 죽는군. 한 번밖에 죽지 못하면서.

라이산더　한 번도 못 돼. 죽었으니, 아무것도 없어.

테세우스 의사에게 보이면 살아날 것이다. 그러면 바보는 백 번 죽어도 바보인 것이 입증되겠지.

히폴리타 어찌하여 달빛은 사라졌나요? 티스베가 돌아와서 연인을 발견해야 할 텐데?

테세우스 별빛으로도 찾을 수 있을 테죠.

　　　티스베 등장.

　　　여기 오고 있네. 티스베의 슬픈 대사로 폐막이로군.

히폴리타 피라모스를 위해 넌덜머리 나게 긴 대사를 늘어놓는 것은 아니죠. 간단히 끝났으면 좋겠어요.

디미트리우스 피라모스와 티스베를 저울에 달아 비교하면 어느 편이 더 나을 것인가? 피장파장일 거야. 티끌 하나 차이겠지. 남자 역으로는 아깝고, 여자 역으로는 징그러워.

라이산더 그 귀여운 눈으로 그 남자의 시체를 보았네.

디미트리우스 연인의 죽음을 슬퍼하며 말했도다······.

티스베 님이여, 주무시나요? 아니, 돌아가셨나요, 나의 비둘기여? 일어나세요, 나의 피라모스! 입을 여세요. 말을 하세요! 묵묵부답이셔? 죽었나요, 죽었나요? 무덤 속에 당신의 아름다운 눈이 묻히다니. 백합꽃 같은 입술, 붉은 장미 같은 콧등, 노란빛 두 뺨도 모두 모두 사라졌네. 슬퍼하라, 연인들이여, 그의 눈은 부추 같은 초록빛. 아, 운명의 여신들이여, 오라, 내 곁으로. 우윳빛 같은 흰 손을 피로 물들이거라, 가위를 들고 님의 명주실 목숨을 끊는 그 손을. 혓바닥이여, 한마디 말도 하지 마라. 칼이여, 소원을 들어다오. 이 가슴의 피를 빨아들여라. (칼에 찔린다)

잘 가세요, 친구여. 티스베는 이렇게 죽었거늘, 아듀, 아듀, 아 듀! (죽는다)

테세우스 달과 사자는 남아서 시체를 묻는군.

디미트리우스 네, 담벼락도요.

보 톰 (일어나며) 공작님, 두 집을 경계 짓던 담벼락은 무너졌습니다. (플루트 일어난다) 에필로그의 대사를 들으시겠습니까, 아니면 우리 패거리 가운데 두 사람이 추는 베르고마스크 광대춤을 보시겠습니까?

테세우스 에필로그는 필요 없다. 부탁한다. 너희들 연극에는 변명이 필요 없다. 배우들이 무대에서 모두 죽었으니, 비난받을 사람 도 없다. 그러니 변명은 무용지물이다. 이 대본을 쓴 자가 피 라모스 역을 하고, 티스베의 구두끈으로 목을 졸라 죽었다면 훌륭한 비극작품이 되었을 것이다. 정말이지 탁월한 비극이 다. 잘들 했어. 에필로그의 춤을 보도록 하자. (춤춘다)

퀸스, 스너그, 스너우드, 스타블링 등장하고, 이 가운데 두 사람이 춤을 춘다. 그런 다음 플루트, 보톰 등 배우들 모두 퇴장.

밤의 종소리가 쇠 혓바닥으로 열두 시를 알렸다. 연인들이여, 잠자리에 들자, 지금은 요정의 시간. 오늘 밤 뜬 눈으로 지새운

만큼, 내일 아침 늦잠 들면 안 된다. 오늘 밤 연극이 엎치락뒤치락 한마당 놀이였지만, 밤의 무거운 발걸음을 잊게 해주었다. 자, 잠자리에 들자. 앞으로 두 주일, 축제를 계속하자, 밤마다 잔칫상 벌여놓고 놀이를 즐기자. (일동 퇴장)

비 들고 퍼크 등장.

퍼 크 이제 굶주린 사자는 으르렁대고,
늑대는 달을 향해 짖어댄다.
고달픈 일에 지쳐버린
농부들은 잠들어 꿈길 구만 리.
화톳불, 활활 타는 모닥불 꺼져가고,
부엉이 울어대는 부엉부엉 밤하늘,
죽음의 잠자리에 누워 지새는
죽는 이 생각하는 죽음의 수의.
산천의 초목도 잠드는 지금,
무덤은 활짝 문을 열고
망령들 어둠 속에 가득히 밀려
헤매고 방황하는 묘지의 길.
우리들 요정은 하늘을 난다.
몸이 세 가닥인 헤카테와 함께
태양의 얼굴 피해 꿈같은 밤길 따라
장난질 치며, 치며, 하늘을 난다.

쥐 한 마리 거룩한 신전에 얼씬거리지 마라.

나는 비 들고 왔다.

문 뒤에 쌓인 먼지 쓸어내리자.

오베론, 티타니아, 시종들과 등장.

오베론　꺼져가는 불빛이 껌벅이는 이 집 속을 요정들은 덤불 속의 새들처럼 춤추고 노래하라. 요정들이여, 내 노래에 맞춰 춤추며 노래하라.

티타니아　당신 노래를 먼저 들읍시다. 우리들은 손에 손 잡고 그 노래에 맞춰 춤을 추겠어요. 이곳을 우리 모두 축복합시다.

오베론의 인도에 따라 요정들 춤추고 노래한다.

오베론　요정들이여, 새벽까지 집안 구석구석에서 춤을 추어라. 우리 둘은 신방을 축복합시다. 그 곳서 태어날 아이들에게 영원한 행운을 기원합시다. 세 쌍의 신랑 신부 백년해로하고, 이들에게서 태어나는 아이들 몸에는 사마귀 점, 언청이 입술, 흉터 등이 없도록 기원합시다. 태어나면서, 세상 사람들이 불길하다고 싫어하는 상처 때문에 평생, 얘들아, 고통받지 말라. 요정들이여, 제각기 손에 손에 깨끗한 들판의 이슬을 받아 이들의 집안 구석구석 방 안을 찾아가서 쏟아놓아라. 축복의 이슬을 그곳에 잠드는 사람들에게 쏟아놓아라, 축복의 안식을. 빨리 가거라, 어서 날아가거라. 밤이 새기 전에 끝내고 오너라.

오베론, 티타니아, 요정들 퇴장

퍼 크 (관객들에게) 우리들은 그림자. 우리들이 때때로 여러분의 기분을 상하게 하더라도, 그것은 잠시 꿈꾸는 동안의 일이며, 언짢은 꿈자리라 생각해서 용서하세요. 이 연극이 초라하고 허황된 것이라 하더라도, 그것은 꿈같은 것이니 나무라지 마시고 용서하세요. 앞으로 고쳐나가겠습니다. 나는 정직한 요정 퍼크랍니다. 여러분이 칭찬을 해주시면 격려라 생각해서 더욱 분발하죠. 이 말이 거짓이라면, 퍼크를 거짓말쟁이라 부르세요. 그럼 여러분 안녕히 주무세요. 우리 모두 친구가 되었으니 악수합시다. 요정 퍼크가 인사 드리옵니다.

셰익스피어 희극의 이해

1. 셰익스피어 희극의 전통과 특성

셰익스피어 희극작품이 전통과 어떤 관계를 맺고 있는가, 또는 그의 희극작품에 보이는 공통된 희극적 원리 · 주제 · 구조, 희극적 효과, 사상 등은 무엇인가를 해명하는 일은 그의 작품의 이해를 위해 중요한 전제가 된다.

셰익스피어의 희극작품에서 특히 중요한 사실은 틸랴드(E.M.W. Tillyard)가 이미 그의 논문 「희극의 특성과 셰익스피어」에서 지적하고 있는 다음과 같은 분석에서 명백히 드러난다. "당대의 희극작품과 셰익스피어의 희극을 구분 짓는 특징은 '혼합의 양(the amount of blending)' 이다. 작품 하나하나가 개성적이다. 그러나 거의 모든 작품이 혼합의 비율은 다르지만 다른 작가의 작품에서 볼 수 있는 온갖 요소를 지니고 있다." 이것이 이른바 셰익스피어 희극의 다양성과 중층성을 만드는 원인이 된다.

셰익스피어는 그리스 로마 고전 희극의 전통을 이어받고, 중세극의 영향을 받았다. 이탈리아 르네상스 시대의 희극작품은 그가 직접 모방하면서 재창조의 기틀을 삼은 걸작들이다. 메난드로스(Menandros), 아리스토파네스(Aristophanes), 플라우투스(Plautus), 그리고 테렌티우스(Terentius) 등 위대한 희극작가들의 다양한 영향에서 그는 결코 벗어날 수 없었다.

영국 최초의 희극작품인 니콜라스 우달(Nicholas Udall)의 〈랠프 로이스터 도이스터〉(1552)나 영국 대학의 대표적 지성이면서 당대의 대표적인 극작가였던 릴리(Lyly)와 필(Peele), 토머스 내시(Thomas Nash), 로버트 그린(Robert Greene), 토머스 로지(Thomas Lodge), 크리스토퍼 말로(Christopher Marlowe) 등의 작품에서도 영향을 받은 그의 작품은 다양한 표현 양식과 플롯, 방대한 내용과 폭넓은 주제의 선택, 언어와 시청각적 효과의 절묘한 배합으로 다변적 무대가 가능한 희곡작품을 완성했다.

1587년은 셰익스피어가 극단을 따라 런던으로 갔을 것이라고 추측되는 해였으며, 1588년은 영국이 스페인 무적함대를 격파한 해다. 이때문에 엘리자베스 시대 사람들은 윤택하고 활력에 넘친 생활을 즐기고 있었는데, 때는 바야흐로 중세의 규제와 억압에서 풀려난 런던 시민들이 르네상스 운동의 거센 물결 속에서 새 시대의 자유와 해방을 만끽하고 즐거운 인생을 구가하던 시기였다. 이런 시대적 배경은 영국의 희극 발전에 중요한 의미를 지니게 된다.

셰익스피어가 창작 활동을 시작하기 전 30년 동안 영국에서는 약 35편의 희극작품이 발표되었고(이 가운데 반은 현재 유실되고 없다), 셰익스피어가 1590년부터 작품을 발표하기 시작하여 20년 동안에는 200편 이상의 희극작품이 런던에서 발표되었는데(4분의 1은 유실), 이 사실로 미루어볼 때 시대와 작가, 그리고 극단과 관객의 조화로운 유대가 이 시대만큼 잘 형성된 때도 없었다.

엘리자베스 시대 희극은 일반적으로 극 형식과 내용이 이미 언급한 대로 외래적 영향과 토착적인 것이 혼합된 다양한 면모의 연극이었다. 셰익스피어가 희극을 쓰기 시작한 시기에 런던 희극 무대에서 발견된 두드러진 특징은 이탈리아 희극의 유입이었다. 이탈리아를 배경으로 한 그의 두 편의 작품 〈로미오와 줄리엣〉과 〈오셀로〉는 이탈리아 가정 희극이 서정극이나 비극으로 둔갑한 경우인데, 이 일은 대학 극작가들이나 당대 영국 시인 스펜서(Spenser)나 마벨(Marvell)에서도 발견되는 특징이다. 셰익스피어의 경우는 그의 희극의 장면 설정이나 등장인물, 그리고 행태 등이 이탈리아와 관련된다는 점에서 이와 유사하다.

그의 희극이 설정한 장소는 베로나 · 파두아 · 베니스 · 메시나 · 일리리아 · 플로렌스 · 로마 · 시실리 등이고, 〈태풍〉에서 작중인물 프로스페로의 섬은 나폴리와 카데이지 사이에 자리 잡고 있다. 두 희극작품은 이탈리아의 도시를 타이틀로 정하고 있다. 16세기의 이탈리아 희극은 사회적이며 성적(性的) 스캔들로 이야기를 꾸미고 있으며 극의 진행이 도시에서 이루어진다. 셰익스피어의 경우도 그렇다. 작중인물의 경우는 어릿광대(fool) 등의 희극적 인물의 도입에서, 그리고 행태 면에서는 사랑을 위한 변신과 역전(逆轉) 등의 예에서 쉽게 알 수 있는데, 특히 소재를 이용하는 측면에서는 그의 이탈리아 희극 의존도가 압도적이다.

물론 이런 일은 셰익스피어가 이탈리아 희극에서 많은 것을 빌려왔지만 그의 독창적인 재창조가 언제나 동시에 진행되고 있었다는 것을 전제로 하고 있다. 셰익스피어는 〈실수 연발(The Comedy of Errors)〉 〈윈저의 명랑한 아낙네들(The Merry Wives of Windosor)〉에서 플라우투스를 빌려왔다. 플라우투스는 로마시대의 희극작가이다. 그는 4세기 그리스에서 위력을 떨쳤던 '뉴 코미디(the New Comedy)'를 모방하면서 작품을 썼다.

그의 작품을 각색한 공연물이 이탈리아 르네상스 시대의 무대에 부활하여 15세기와 16세기에 걸쳐 공연되었는데, 이 가운데서도 아리오스토(Ariosto)가 각색한 작품 〈상상(I Suppositi)〉(1509)은 나중에 가스코인(Gascoigne)의 〈상상(Supposes)〉(1566)의 토대가 되었고, 다시 셰익스피어의 작품 〈말괄량이 길들이기(The Taming of the Shrew)〉에서 비앙카 구혼의 서브 플롯이 되었다. 플라우투스는 그의 작품이 번역되고 각색되면서 엘리자베스 시대 공연무대에 파급되었으며, 셰익스피어는 이 일에도 크게 기여했다. 그의 유머 감각과 플롯 설정, 예컨대 변장, 은밀한 사랑, 이산가족의 재결합, 희극적 상황의 설정, 음모와 소동 그리고 우스꽝스러운 말다툼, 무대상의 기교, 인물의 성격 창조 등에서 그는 플라우투스로부터 많은 것을 얻어 왔다.

〈베로나의 두 신사(Two Gentlemen of Verona)〉 〈로미오와 줄리엣(Romeo and Juliet)〉 〈끝이 좋으면 다 좋다(All's Well That Ends Well)〉 등의 작품에서도 플롯 구성과 성격 창조 면에서 플라우투스의 영향을 쉽게 발견할 수 있다. 플라우투스가 자주 사용한 프롤로그의 기법은 〈헨리 5세(Henry V)〉에서 막(幕)마다 도입되고 있으며, 〈로미오와 줄리엣〉의 1막과 2막의 코러스 장면, 〈겨울 이야기(The Winter's Tale)〉의 4막에서도 볼 수 있다.

또한 에필로그의 기법은 〈헨리 4세(Henry Ⅳ)〉와 〈당신이 좋으실 대로(As You Like It)〉에서 재현되고 있다. 이산가족과 그 재회의 플롯은 〈실수 연발〉 〈겨울 이야기〉 〈심벨린(Cymbeline)〉 등에서 볼 수 있다. 플라우투스의 〈아둘루라리아(Adularia)〉는 구두쇠 딸이 젊은이와 사랑의 도피를 꾀하는 내용을 담고 있는데, 이 플롯은 〈베니스의 상인(The Merchant of Venice)〉의 로렌조─제시카의 서브 플롯에서 재창조되고 있다. 남자로 변장하는 인물의 창조는 플라우투스 특유의 인물 창조 기법인데 셰익스피어의 여주인공들 ─ 줄리아 · 포샤 · 로잘린드 · 비올라 · 이모진 등에서 다시 볼 수 있다.

〈사랑의 헛수고(Love's Labour's Lost)〉와 〈한여름 밤의 꿈(A Midsummer Night's Dream)〉에서 보여준 셰익스피어의 변장과 분규(紛糾), 이중 플롯 등의 기법은 그가 르네상스 이탈리아 희극에서 배운 것이다.

2. 셰익스피어 희극의 주제

셰익스피어의 희극은 결국 영국 르네상스 연극이 메난드로스, 플라우투스, 그리고 테렌티우스에서 이어받아 이룩한 전통적인 희극적 형식의 한 가지 변형이라 할 수 있다. 이와 같은 전통적 희극의 가장 두드러진 특성 가운데 하나는, 부모와 연적의 반대를 물리치고 사랑의 승리를 거두는 젊은 연인들의 이야기라는 점이다.

엄격한 사회적 인습이 지배하는 사회 속에서 독선과 아집만을 내세우는 악덕 인간들이 극 초반에는 대세를 장악하지만 극이 마무리되는 단계에서는 새로운 사회를 이끄는 젊은이들이 대세를 반전시키는 드라마로 발전된다. 이것은 인간이 속박된 상태의 비정상에서 자유를 얻는 정상 상태로의 회복을 실현하는 역전(逆轉)의 드라마가 되며, 개인적인 소원이 해결되면서 사회의 질서가 잡히고, 개인의 재생이 가능해지며, 사회와 국가의 존속이 이루어지는 행복한 결말의 통과의례다.

젊은이들은 어른들의 세계 속에서 그들에게 알맞은 자리를 차지한다. 젊은이의 사랑과 순수한 정열은 하나의 시대가 저물고 새로운 시대가 막을 올리는 변화의 계기요 원동력이다. 희극의 종결이 결혼으로 끝나는 것은 개인적인 의지가 실현되고 새로운 사회의 질서가 정착되는 상징적 표현이 된다.

노드롭 프라이(Northrop Frye)는 셰익스피어의 희극 세계를 '그린 월드(green world)'의 드라마라고 규정한다. 그에 의하면 극적 행동은 '정상 세계(normal world)'에서 시작되지만 그 세계는 '닫힌 세계(closed world)'다. 그 닫힌 세계로부터 열린 세계인 '그린 월드'로 진입하게 되고, 그 속에서 인간의 전신(轉身)과 세계의 전환이 이루어지면서 드라마는 변화된 '정상 세계'로 돌아온다는 것이다. 이런 경우 드라마는 두 세계의 상황적 대조감, 두 체험세계의 양상과 그 가치, 현실인식의 두 가지 측면 등을 극명하게 보여준다.

'정상 세계'의 최초의 액션은 법정이나 도시, 또는 가정에서 발생한다. 도시는 가정의 집합체이고, 결혼은 사회적인 의미를 갖게 된다. 도시를 다스리는 영주나 가정에서의 부모는 법의 엄격한 권위를 자랑하면서 결혼 적령기에 처한 젊은 남녀의 사랑을 위협하고 있다. 이 두 남녀들은 대부분의 경우 서로 가문이나 신분, 사회적 지위가 다른 인물들이다. 그들의 사랑은 기성세대 집단의 독선적이며 어리석은 주장과 반대에 부딪힌다. 젊은 남녀는 이들의 위협으로부터 벗어나기 위해 공작과 부모의 세계를 떠난다. 도시의 벽을 뛰어 넘어 꿈과 마술의 세계로 비상한다. 그 세계는 숲의 세계 ― '그린 월드'이다. 그곳은 달빛 속에서 요정들이 춤추고, 목가적인 풍경 속에서 양치기들이 사랑을 꿈꾸는 곳이다. 나무가 자라고 꽃이 피고 있는 산속에는 공주 같은 여인이 영웅 같은 애인을 기다리고 있다.

이 '그린 월드'는 작품의 주제에 따라 서로 다른 의미를 지니게 된다. 〈베니스의 상인〉의 경우는 기성세대의 낡은 질서에 맞서는 자비와 관용의 미덕이 된다. 〈한여름 밤의 꿈〉의 경우는 이성(理性)의 도시 아테네의 법에 맞서는 달빛 젖은 공상과 욕망의 유토피아가 된다. 어떤 경우든 그것은 현재의 상태에서 이상적인 상태로의 이행(移行)을 의미하고 있다.

이 '그린 월드'의 세계로 탈출하기 위해 젊은이들은 처음에 여러 가지 어려운 시련을 겪게 되지만 그 과정을 통해 그들의 착한 마음은 더욱 견고해지고, 결국 행복한 결말을 누리게 된다. 그런데 행복한 결말은 시련의 극복과 운명의 변화에서 비롯되는 것이기는 하지만, 근원적으로는 마음의 변화에서 이룩되는 반전과 전신(轉身) 때문에 가능하다. 셰익스피어 희극에서 우리가 주목해야 되는 주제가 바로 이 일을 가능케 하는 사랑의 기능과 역할이다. 사랑은 인간의 마음을 열게 하고, 사람을 서로 접합시키며, 사람의 마음을 바꾸게 하고, 악을 패배시키면서 선을 실천케 한다는 것이다.

〈한여름 밤의 꿈〉의 주제는 사랑과 상상력이다. 사랑을 여러 국면으로 나누어서 표현하고 있는 점이 주제의 중층성을 느끼게 만들어준다. 테세우스와 히폴리타의 원숙한 사랑, 궁전의 젊은이들이 추구하는 독단적이며 일방적인 사랑, 요정의 왕과 여왕 부부가 권태기에 겪는 사랑의 감정, 요정의 여왕 티타니아와 직공 보톰이 뒤엉키는 그로테스크하고 에로틱한 사랑, 극중극에서 보여주고 있는 피라모스와 티스베의 고전적이며 정열적인 사랑 — 이 모든 사랑의 상황이 상호 연관되어 이야기가 전개되는 가운데 이상적인 사랑의 개념이 통합적으로 전달되도록 만들고 있다.

3. 셰익스피어 희극의 기법

셰익스피어 희극의 특징은 그 중층성에 있기 때문에 이 문제의 분석과 해명은 그의 극작 기법을 이해하는 데 필수적이다. 셰익스피어 작품의 플롯 · 인물 · 언어 · 주제 등은 복잡하게 서로 얽혀 있지만 전체적으로 볼 때에는 통일적인 효과를 나타낸다. 여러 가지 극적인 요소들이 서로 얽혀 있다는 것은 갈등 관계를 맺고 있는 대립구조가 희극의 기본적인 틀을 형성하고 있다는 뜻이 된다. 따라서 대립구조의 몇 가지 기본적인 틀을 검토하는 일은 셰익스피어 희극을 이해하는 데 큰 도움이 된다.

셰익스피어 희극의 첫 번째 틀은 다양화와 통일이다. 다양성은 엘리자베스 시대 희곡작품이 필연적으로 지니고 있는 성격인데, 셰익스피어의 경우, 플롯의 측면에서는 복합구조가 되어 메인 플롯과 서브 플롯이 서로 엉키고 있으며, 또한 비극적 부분과 희극적 부분이 공존하면서 에피소드 · 음악 · 무용 · 극중극 등의 장면이 삽입된다.

등장인물의 경우는 다양한 신분 · 계급 · 종족의 인간들과 초자연적인 망령 · 마녀 · 요정 등이 등장하며, 비극의 경우 주인공에게 초점을 맞춘 것과는 대조적으로 희극에서는 초점의 확산을 꾀하고 있다. 희극의 중심 테마는 사랑이지만, 그 사랑의 양상을 다양한 측면에서 조명하고 있는 점이 두드러진다. 이토록 복잡한 여러 가지 요소를 하나로 묶는 일은 톤(tone), 대조, 유사한 것의 병치(竝置), 보완관계의 설정 등의 기법으로 처리했다.

구성 면에서 볼 수 있는 중층성의 구체적 예를 우리는 〈한여름 밤의 꿈〉에서 볼 수 있다. 이 드라마는 세 가지 이질적인 세계로 구성되어 있다. 그것은 궁전의 세계와 서민의 세계, 그리고 요정의 세계다. 이 세 가지 세계가 드라마 속에서 혼연일체가 되고 있는데, 셰익스피어는 이 작품 속에서 스토리나 작중인물의 성격을 철저히 추적하는 방법 대신에 인간 상호 간의 관계, 그리고 사랑의 몇 가지 양상을 희극적으로 그리는 일에 치중한다. 그는 이와 같은 기교를 사용하면서 드라마에 현실적인 생동감을 안겨주고 있다. 꿈같은 이야기가 이상하게도 현실에 가까운 박진감을 지니도록 만들어내는 셰익스피어 희극의 특징은 중층적 기법이 거둔 성과라 할 수 있다.

두 번째 틀은 일상성과 비일상성의 대립이다. 이것은 현실과 이상의 대립이 되기도 한다. 사랑의 주제를 묘사하는 방법에서도 이 기법이

도입되고 있으며, 특정한 스토리, 극적 상황, 작중인물의 표현에도 사용되고 있다. 예컨대, 스토리의 장면이 공간이나 시간적으로 멀리 떨어져 있도록 설정되었지만, 인물과 풍속과 자연의 묘사는 일상생활의 모습을 그리고 있는 점을 들 수 있다.

〈한여름 밤의 꿈〉에 등장하는 테세우스는 신화 속의 영웅이지만, 행동과 의상은 엘리지베스조 식이다. 이런 기법은 무대와 관객의 거리를 떼어놓고, 다시 융화시키는 효과를 만들어낸다. 이 대립의 틀은 셰익스피어 희극에 있어서 구조적 패턴이 되고 있는, 일상성으로부터의 탈출과 귀환이라는 플롯 개념과도 일치한다.

세 번째 틀은 허상과 실상의 대립이다. 셰익스피어 희극의 중요한 모티브의 하나가 되는 '인물의 착각(mistaken identity)'을 떠받치고 있는 구조이다. 이 같은 착각은 상대방을 잘못 아는 것 이외에도 자기 자신의 진실한 모습을 보지 못하는 내면적인 착각도 포함하고 있다. 이 같은 착각을 유발하는 동기는 쌍둥이 · 마법 · 약물 · 변장 등의 트릭을 사용하는 경우와, 자부심과 편견 등의 내면적인 요인에서 오는 경우가 있다. 극중극의 기법도 이에 속한다. 허구와 현실이 뒤바뀌고 있다. 그 때문에 '웃음'이 생긴다. 젊은 연인들이 겪는 이성과 환상의 착오, 티타니아와 보톰의 착각 등이 이에 속한다.

성격 창조에서 볼 수 있는 중층성은 셰익스피어가 고전극 · 중세극 등의 전통에 따라 종래의 희극적 인물을 재생시키지만, 동시에 요정이나 변장한 여인 등과 같은 새로운 인물의 성격을 입체적으로 창조해내는 독특한 기법에서 생겨난다. 셰익스피어의 희극적 인물 속에는 서로 모순되면서도 융화되는 여러 가지 성격적 요소들이 포함되어 있다. 그 좋은 예가 폴스타프이다. 이 인물 속에는 중세극의 악마 · 방탕성 · 악 · 허풍쟁이 · 어릿광대 등의 잡다한 요소가 가득 차 있지만 전체적으로 보통사람의 유연한 입체적 성격으로 친근감을 안겨주고 있다. 중요한 것은 셰익스피어의 희극은 작중인물의 성격을 과장하는 성격희극이 아니고, 성격 이상으로 운명이나 우연이 큰 작용을 하고 있는 드라마라는 사실이다.

잭 본(Jack A. Vaughn)은 그의 저서 『셰익스피어 희극론』에서 '숲'이라는 상징적 공간 설정의 기법을 자세히 설명하고 있다. 그의 말을 인용한다.

> 젊은 연인들의 사랑이 희극운동의 주축을 이루고, 이 사랑의 '시작−진행−분규−해결'을 가져오는 데 있어 필수적인 장치가 '숲'인데 셰익스피어에 있어 가장 대표적인 '숲'은 아든 숲이다. 아든 숲과 같은 것으로는 〈한여름 밤의 꿈〉의 숲이 있다. 문제 해결을 가져오는 장소로 볼 때 〈십이야〉의 무대인 일리리아섬과 〈폭풍〉에 나오는 마법의 섬(enchanted island)도 같은 숲의 개념에서 취급하고자 한다. (중략) 아든 숲으로 대표되는 셰익스피어 희극의 숲은 도시의 숲과 대조되는 한가롭고 평화스러운 전원의 중심부분이다. 도시가 인습 · 전통 · 권위 · 규율 · 타락을 나타낸다면, 숲은 자유 · 신선함 · 젊음 · 치유 · 음악 등을 대표하는 곳이다. 이 숲속은 사랑의 도피처요, 요정이 뛰노는 곳이요, 사랑이 자유롭게 이루어지는 곳이요, 일상적 상식이 통하지 않고, 도시의 시간이 없는 '환상의 세계'이다. 희극 속에 '축제적인 놀이'가 있다고 볼 때에, 이 숲은 축제의 마당인 것이다.

셰익스피어의 희극작품은 대부분의 경우 지나친 명령이나 제안으로 시작된다. 이 같은 발단은 극심한 대립과 갈등을 조성하면서 극이 극한상황으로 치닫는 위기에 처하도록 하지만 해피엔딩으로 끝나게 된다. 도입부의 긴장감은 관객의 호기심을 자극하여 드라마의 결과에 대해 기대와 관심을 갖도록 만든다.

〈한여름 밤의 꿈〉에서 아버지는 그의 딸 허미아에게 디미트리우스와 결혼하도록 강요한다. 이것이 극의 발단이 된다. 그녀는 아버지의 강요를 피해 숲속으로 사랑의 도피를 감행한다. 젊은이들은 숲속에서 사랑의 시련을 겪게 된다. 이것이 극의 발전이요 전개가 된다. 극의 종말은 사랑하는 남녀가 각기 자신의 배필을 찾게 되는 해피 엔딩이 된다.

이들 희극작품 속에 표현된 사랑의 정황은 너무나 인위적이요 인습적이다. 〈한여름 밤의 꿈〉에서 셰익스피어가 애인들을 뒤섞어놓기 위해서 '사랑의 즙'을 사용하는 경우가 그 좋은 예가 된다. 퍼크의 장난은 웃음을 유발하고 기쁨을 선사해주지만 현실감은 상실되고 관객은 꿈속에서 환상을 보는 듯하다. 숲과 달빛과 밤의 극적 장치 속에서 인간은 꿈속을 헤매는 이상한 체험을 하게 되고, 그 체험 속에서 삶에 대한 계시를 받게 된다. 희극은 축제의 마당이라고 했다. 그 마당에서 웃고 놀면서 인간은 지혜가 생기고 변신을 거듭하게 된다.

셰익스피어의 비극작품은 한 가지 이념이나 사상에 극이 집중되어 있다. 그래서 주인공의 성격 분석이 극을 해명하는 데 중요한 구실을 하고 있다. 희극은 현실을 보는 눈이 더욱 다원적이다.

에드워드 다우든(Edward Dowden)은 그의 저서 『셰익스피어의 사상과 예술』에서 이렇게 말하고 있다. "셰익스피어는 그의 통합적인 재능처럼 유머 감각도 다양하다. 그는 절대로 인간 생활의 한 가지 국면만을 파헤치는 그런 종류의 극작가가 아니다." 다우든은 이 문제에 대해 계속해서 중요한 발언을 하고 있다. "영국 희곡의 전통은 진지한 것과 희극적인 것을 병치시키는 방법을 선호했다. 셰익스피어는 서로가 서로의 한 부분이 되도록 만들었다. 비극 속에 희극을 침투시키고, 희극 속에 비극적 진지함을 투영시킨 것이다." 이와 같은 맥락에서 로버트 코리건(Robert Corrigan)도 그의 논문 「희극과 희극 정신」에서 뜻깊은 말을 하고 있다. "연극사에서 가장 비극적인 장면의 하나가 히스 광야에서 폭풍우를 만나고 있는 리어 왕과 광대의 장면이다."

극의 소재는 언제나 중성적인 것이다. 그 소재를 다루는 극작가의 기법에 의해 비극·희극·멜로 드라마·소극 등의 의미가 생긴다. 이때 중요한 것은 극작가의 희극적 인생관이다. 그 인생관이란 무엇인가. 코리건은 다음과 같은 요지의 말을 하고 있다. "희극은 인간의 인내심을 찬양하는 내용이 된다. 인간은 숱한 실패를 거듭하더라도 좌절하지 않고 다시 일어나서 도전을 감행한다. 말하자면 소생에 대한 불굴의 의지를 지니고 있다. 따라서 희극의 정신은 '부활의 정신'이다. 그리고 희극적 체험에서 얻게 되는 기쁨은 패배를 거듭하더라도 인간은 즐겁게 살아남을 수 있다는 낙관적 인생관에서 연유한다. 희극적 행동의 중심에는 언제나 위기를 극복하고 행복한 결합을 이루는 사랑하는 연인들이 존재하고 있다는 사실이 이것을 입증하고 있다."

이 시점에서 우리는 극작가 이오네스코의 솔직한 발언에 주목해야 한다. 그의 말을 들어보자. "희극과 비극은 똑같은 상황의 두 가지 양상에 지나지 않는다. 나는 지금 이 두 가지를 구분할 수 없는 단계에 와 있다." 이런 엄청난 문제에 봉착한 극작가는 이오네스코 이전에 체호프가 있었고, 또 그 이전에는 물론 셰익스피어가 있었다. 체호프는 그의 작품 〈갈매기〉와 〈벚꽃동산〉을 희극이라 규정했다. 체호프는 "눈 앞에 있는 인생을 그대로" 표현했다. 산타야나(Santayana)의 "자연 속의 사물은 이상적인 본질을 유지하면 서정적이요, 운명을 생각하면 비극적이지만, 존재론적으로 보면 희극적"이라는 말대로 희극의 의미가 적용되는 경우이다.

존재론적으로 볼 때 "눈 앞에 있는 인생"의 현재적 모습은 부조리 그 자체이다. 그리고 그것은 보잘것없이 허무하다. 혹자는 이것을 비극이라 볼 수도 있다. 그러나 셰익스피어나 체호프, 그리고 이오네스코 등의 극작가들은 인간의 처절한 비운의 순간에 희극적 몸짓이 있는 것을 발견한다. 물론 이것은 해럴드 핀터(Harold Pinter)류의 '블랙 코미디'의 카테고리라고 말할 수도 있고, 부조리 연극을 보면 그렇게 인정할 수도 있지만, 고뇌와 좌절과 소외의 눈물을 삼키며 터뜨리는 체호프의 연극에서도 우리가 똑같이 느끼는 일이 된다.

인간 체험의 복합성과 난해성은 극작가들에게 때로는 비극을 간직한 희극의 혼합된 극형식을 추구하도록 만든다. 크리스토퍼 프라이(Christopher Fry)는 이 문제에 대해서 간결하게 언급하고 있다. "작중인물의 성격이 비극을 감당하지 못하면 희극은 불가능하다."

최재서는 그의 저서 『셰익스피어 예술론』에서 "인간을 불행에 빠지게 했다가 행복으로 인도하는 것이 셰익스피어 희극이다. 인간과 주위의 인간들의 관계가 원만할 때에만 인간은 행복할 수 있다. 행복은 사회적으로 실현된 질서이다. 셰익스피어의 희극들은 그러한 사회적 질서를 제일원리로서 추구한다. 그 기능은 단순히 관객을 웃기는 일이 아니라, 원만한 행복감을 주는 일"이라고 말한다.

인간의 불행을 표현하는 비극의 기법과 행복을 표현하는 희극의 기법이 공존하고 있는 〈로미오와 줄리엣〉(1594)은 내용으로 볼 때 비극에 속하지만 그 형식과 기법은 셰익스피어가 비극을 쓰기 전 희극작품을 쓰던 시기의 서정적 희극에 속한다. 이 작품은 〈한여름 밤의 꿈〉(1595), 〈베니스의 상인〉(1596) 등의 희극이 공연된 비슷한 시기의 작품이다. 이 작품의 소재는 이탈리아 민담에서 얻어 온 것인데 비극에 적합한 스토리를 지니고 있다. 셰익스피어는 이 소재를 활용해서 원숙한 희극적 기법을 구사하는 낭만적인 사랑과 죽음의 찬가를 성공시켰다.

4. 작품론

1) 로미오와 줄리엣

텍스트

이 작품의 텍스트인 첫번째 쿼토판(Q1)은 1597년에 인쇄된 것이다. 두 번째 쿼토판은 1599년에 인쇄된 것이다. Q1판은 좋은 대본이 못 된다. Q2판은 Q1판보다 700행이 추가되었다. 이후에 1609년 Q3판이, 연대 표시 없는 Q4판이 나온 후에 1637년 Q5가 나왔다. Q3판은 첫 폴리오판(Folio)의 토대가 되었다.

창작 시기

1591년부터 1596년에 걸친 광범위한 추측이 있다. 초창기 쪽을 주장하는 근거에는 유모의 대사(1막 3장 23행) "지진이 난 지 11년이 됐어요"가 1580년의 런던 지진을 지칭하고 있다는 주장 때문이다. 후기 연대를 주장하는 사람들은 1596년 에식스에 의한 카디즈 원정(Cadiz Expedition)의 내용을 텍스트에서 감지할 수 있다는 것이다. 또한 이 같은 주장을 뒷받침하는 이유의 하나가 Q1판의 표지에 인쇄된 1597년이라는 연대 표시이다. 하지만 일반적으로 인정되고 있는 연대는 1595년이다. 이 시기는 셰익스피어의 '서정극 시기(lyrical period)'의 초기이며, 셰익스피어가 심취했던 윌리엄 코벨(William Covell)의 저서 『폴리만테이아(Polimanteia)』가 1584년의 지진을 언급하고 있기 때문이다.

소재

창작의 원천으로서는 아서 브룩(Arthur Brooke)의 『로미오와 줄리엣의 비극적 유래(Tragical Historye of Romeus and Juliet)』(1562)가 꼽힌다. 이 작품의 스토리가 되는 두 젊은이의 사랑의 비극은 이탈리아 르네상스 시기에 유행하던 것이었다. 〈로미오와 줄리엣〉의 내용을 담고 있는 최초의 이야기는 마스키오 살레르니타노(Masuccio Salernitano)의 『일 노벨리노(Il Novellino)』(1474)이다. 이 이야기는 또한 마테오 반델로(Matteo Bandello)의 『르 노벨레 디 반델로(Le Novelle di Bandello)』(1560)를 내포하고 있는 윌리엄 페인터(William Painter)의 『쾌락의 성(The Palace of Pleasure)』(1566, 1567, 1575) 속에 담겨 있다.

플롯 시놉시스

1막 : 해묵은 원수지간인 두 명문 몬태규 가와 캐퓰리트 가 사이에 새로운 싸움이 번지기 시작한다. 몬태규 가의 로미오는 로잘라인과의 이루지 못한 사랑의 고뇌로부터 막 벗어나고 있는 중이었다. 그의 친구 벤볼리오는 로미오에게 캐퓰리트 가의 무도회에 가보자고 권한다. 로미오는 무도회에서 아름답고 청순한 처녀 줄리엣에게 매혹당한다. 줄리엣도 로미오를 잊지 못한다. 그들은 곧 그들의 사랑이 이룰 수 없는 불운한 사랑이라는 것을 알게 된다. 무도회에서 줄리엣의 사촌인 티볼트가, 로미오가 무도회에 침입한 것을 알고 공격하려 하지만 캐퓰리트 가의 가장이 그를 중지시킨다.

2막 : 로미오는 그의 친구들과 헤어져 정원으로 숨어 들어가 줄리엣 방 창문 밑에 몸을 숨긴다. 줄리엣이 읊조리는 사랑의 맹세를 엿듣고 그는 자신의 모습을 드러낸다. 두 젊은이는 열렬한 사랑의 갈망 속에서 다음날 오정에 은밀하게 결혼할 것을 약속한다. 다음 날 아침 줄리엣은 유모를 보내 결혼 준비를 시키고, 로미오는 로렌스 신부를 설득하여 결혼식을 집전하도록 함으로써 예식을 마친다. 로렌스 신부는 이들의 결혼이 두 집안의 분쟁을 종식시킬 것이라고 믿어 의심치 않는다.

3막 : 결혼식이 끝난 후, 로미오는 그의 친구 머큐쇼와 벤볼리오를 만나러 갔는데, 이 두 친구들은 티볼트와 격렬한 싸움을 벌였다. 티볼트는 로미오와 한판 승부를 하고 싶은데, 로미오는 그의 도전에 응하려 하지 않는다. 하지만 머큐쇼는 이 싸움에 말려들어 티볼트에 의해 치명상을 입고 끝내 죽는다. 로미오는 친구의 죽음을 보고 더 이상 참지 못한 나머지 티볼트를 살해한다. 로미오는 급히 로렌스 신부한테 간다. 한편 살인 사건을 보고받은 베로나 영주는 로미오의 추방을 언도한다. 줄리엣은 로미오에게 반지를 보내며 하룻밤을 그녀의 침실에서 보내자고 그를 불러들인다. 그는 밧줄을 타고 그녀의 침실로 들어간다. 그녀와 사랑의 잠자리를 나눈 다음 날 새벽, 그는 만토바로 유배의 길을 떠난다. 캐퓰리트 가에서는 줄리엣이 비밀리에 결혼한 것을 모르고 그녀를 패리스에게 시집보내려 한다.

4막 : 줄리엣은 어떻게 해야 할지 모르고 깊은 고민에 빠진다. 그녀는 양친에게 로미오와의 결혼을 고백할 수도 없고, 그렇다고 패리스와 결혼할 수도 없는 곤경에 처한 것이다. 그녀는 로렌스 신부를 찾아가서 상의한다. 로렌스 신부는 묘안을 짜낸다. 그녀가 패리스와의 결혼을 승낙한 다음, 로렌스 신부가 조제한 수면제를 복용하고 가사 상태에 빠진다는 것이다. 캐퓰리트 가에서는 줄리엣이 죽은 줄 알고 장례식을 치른 다음 줄리엣을 가족묘지에 안장할 것이다. 그녀가 잠에서 깨어날 때쯤 신부로부터 자초지종을 들은 로미오가 가족묘지로 와서 줄리엣을 데리고 만토바로 간다는 것이 로렌스 신부의 계획이었다. 줄리엣은 기꺼이 신부의 계획을 따르기로 작정한다.

5막 : 로렌스 신부의 부탁을 받고 심부름을 간 존 신부가 제 시간에 로미오에게 닿지 못해서 로렌스 신부의 전갈을 전하지 못한다. 로미오는 다른 경로로 줄리엣의 사망 소식을 접하게 된다. 로미오는 줄리엣이 가고 없는 세상을 살기보다는 차라리 스스로 목숨을 끊는 것이 낫다고 생각한다. 그는 독약을 구한 다음 밤중에 베로나로 온다. 그가 캐퓰리트 가의 묘지로 들어서는 순간 슬픔과 절망에 울부짖는 신랑 패리스를 만나 방해를 받는다. 로미오는 그를 죽이지 않으면 안 된다. 로미오는 줄리엣 곁으로 간다. 그녀에게 키스를 한 다음, 독약을 먹고 그 자리에서 죽는다. 로렌스 신부가 서둘러 묘지로 왔지만 때는 이미 늦었다. 로미오의 죽음도 말리지 못했고, 로미오의 죽음을 본 줄리엣이 자결하는 것도 막을 수 없었다. 두 젊은이가 사랑의 순교를 감행한 자리에서 원수지간이던 몬태규 가와 캐퓰리트 가는 서로 화해한다.

작품 평가

〈로미오와 줄리엣〉은 셰익스피어 작품 활동 초기, 〈한여름 밤의 꿈〉 〈베니스의 상인〉 등의 희극과 〈존 왕〉 〈리처드 3세〉 등 일련의 사극이 씌어진 시대에 속하는 걸작으로, 신선한 젊음의 감각과 낭만적인 서정성이 넘치는 희곡작품이다. 셰익스피어는 이 작품에서 그가 희극의 창작에서 얻은 능숙한 기법을 충분히 활용하고 있다. 이 작품에 등장하는 인물들은 희극에 등장해도 좋을 인물들인데, 이들의 밝고 기지에 넘친 요설(饒舌)과 대사는 다혈질의 기질과 낙천적인 성격 등과 합쳐져서 희극을 형성하는 중요한 구실을 하고 있다. 수많은 학자들과 비평가들은 이 작품이 셰익스피어 희극작품의 패턴에 맞추어져 있음을 지적하고 있다. 그 패턴은 무엇인가. 특정한 사회의 안정과 평화를 위해서는 희생양이 필요하다는 주제의 패턴이다.

셰익스피어 희극에는 어김없이 아름다운 연애 장면이 나온다. 〈로미오와 줄리엣〉은 그의 작품 가운데서 가장 아름답고, 애절한 사랑의 드라마라 할 수 있다. 게오르그 브란데스는 너무나 적절하게 평하고 있다. "이 작품은 첫눈에 매혹당하는 젊고 충동적인 사랑을 표현하고 있다. 그 사랑이 너무나 열렬하기 때문에 사랑의 온갖 장애물은 문제가 되지 않는다. 너무나 철저한 사랑이기 때문에 행복과 죽음 사이에서 중도(中度)의 길이란 없는 것이다. 이들의 사랑은 너무나 불운해서 황홀한 사랑의 결합에는 죽음의 그림자가 뒤따르고 있다."

〈로미오와 줄리엣〉은 낭만적인 서정극으로서 셰익스피어가 세네카의 영향을 많이 받고 있음을 알 수 있는 작품이기도 하다. 결국 서로 적대시하는 두 집안에 태어난 운명 때문에 순결한 두 젊은이가 불행한 죽음을 당하고, 우발적인 사건이 비극적 운명의 패턴을 만들어 나가는 경우가 이에 해당된다. 로미오가 무도회에 가서 줄리엣을 만난 것은 우연한 일이었다. 그가 티볼트와 머큐쇼의 결투 장면에 나타난 것도 우연한 일이었다. 로렌스 신부가 보낸 존 신부가 로미오를 만나지 못했기 때문에 로미오가 로렌스 신부의 계획을 몰랐던 것도 우연이었다. 줄리엣이 잠에서 늦게 깨어나 로미오의 음독을 말리지 못한 것도 우연이었다. 불운한 별자리의 숙명이 우연한 일을 만들어 드라마의 사건을 진전시키는 일은 셰익스피어가 세네카에서 빌려온 것이다. 〈로미오와 줄리엣〉에서 펼쳐지는 숱한 유혈극의 참상과 공포는 전형적인 세네카 비극이라 할 수 있다. 줄리엣의 무덤 장면, 피투성이가 되는 결투 장면, 피에 물든 티볼트의 시신, 마지막 장면의 처절한 죽음 등은 세네카류의 방식이다. 그러나 이와 관련해서 한 가지 주의해야 할 점은, 셰익스피어는 이들 두 젊은이의 죽음을 초래한 것이 운명인지, 아니면 젊은이들 자신의 무절제한 행동 때문인지에 대해서는 분명한 답변을 하지 않고 있다는 것이다.

〈로미오와 줄리엣〉은 특이한 작품이다. 셰익스피어의 독특한 극세계를 보여주고 있다. 왜냐하면 이 작품은 낭만적인 희극이면서 비극이고, 동시에 리얼리즘의 싹이 보이면서 다양하고 잡다한 요소가 서로 엉켜 있는 특이한 형식의 작품이기 때문이다. '불행한 별자리의 연인들' 이야기는 확실히 낭만적이다. 로미오와 줄리엣은 만나서 첫눈에 사랑하고, 몰래 결혼하지만 우연한 일로 비운의 죽음을 당하는 일들이 불과 닷새 동안에 일어나고 있다. 하지만 이 청춘의 사랑에 첨가되고 뒤따르는 것은 외설이요, 농담이요, 희극이요, 피투성이 싸움이요, 희희덕거리는 웃음, 터지는 홍소(哄笑)이다.

이 리얼리즘을 대변하고 있는 것이 유모의 역할이요, 머큐쇼의 성격이다. 머큐쇼는 꿈같은 이상적인 인물 로미오의 청춘상과 대조되는 감각적이고 현실적인 인물로 창조되고 있다. 아서 브룩의 시편에서는 미미하고 보잘것없는 인물로 묘사되고 있는데 셰익스피어가 독창적으로 살려낸 것이다. 새뮤얼 존슨(Samuel Johnson)은 "희극적 장면은 잘 그려지고 있는데, 비극성은 언제나 손상을 입고 있다"고 말하고 있으며, 찰턴(Henry Buckley Charlton)은 "비극적 이념의 형태에서는 실패한 작품이지만, 이만한 작품이 된 것은 셰익스피어의 시적 천재와 마술, 그리고 간헐적으로 나타나는 극적 재능 때문"이라고 말하고 있다.

그러기 때문에 나는 〈로미오와 줄리엣〉을 비극이니 희극이니 하는 카테고리에 넣기보다는 인간과 자연을 총체적으로 표현하고 있는 희비극 드라마로 보고 싶은데, 그 속에는 인간의 현실 그대로 순수와 불순, 사랑과 외설, 시와 산문, 슬픔과 웃음 등이 뒤섞여 있다. 극적 행동의 발전과정을 보아도 이것을 알 수 있다. 머큐쇼가 티볼트에 의해 살해되고, 친구의 원수를 갚느라 로미오가 티볼트를 죽이면서 극은 반전

되어 로미오는 추방되고, 줄리엣과 패리스의 혼담, 그리고 로렌스 신부의 묘책, 그 어긋남, 두 연인의 죽음, 그리고 양가의 화해로 끝나는데, 이 플롯의 진행 과정 속에는 유모의 희극적 행동과 이야기, 머큐쇼의 '마브 여왕', 시종 피터와 악사들의 희극적 장면 등이 삽입됨으로써극의 대조감이 생겨 액션에 박력이 생기고 상쾌한 매력이 추가된다.

스퍼전(Caroline F. E. Spurgeon)은 그녀의 이미저리 연구에서 대조감의기교가 빛의 이미저리로 활용되는 예를 〈로미오와 줄리엣〉에서 찾고있다. 태양 · 달 · 별 · 불꽃 · 낮 · 밤 · 어둠 · 구름 · 비 · 안개 · 연기등 이미지의 대조감으로 사랑을 표현하고 있다는 것이다. 줄리엣에게로미오는 '밤 속의 낮'이다. 로미오에게 줄리엣은 '동쪽에서 떠오르는태양'이다. 셰익스피어는 로미오와 줄리엣의 사랑을 금세 불이 붙었다가 빠르게 타오르는 불꽃이 순식간에 꺼지는 빛의 이미지로 보았다.빛 · 햇살 · 별빛 · 달빛 · 일출 · 일몰 · 불꽃 · 유성 · 촛불 · 횃불 · 어둠 · 구름 · 안개 · 비 · 밤 등의 이미지는 이 작품의 분위기와 사랑의감정을 고양시키는 배경의 그림이 되고 있는 것도 우리가 주목해야 할부분이다. 두 집안의 불화도 '억센 불꽃' 등으로 표현되고 있다.

셰익스피어의 언어는 1596년 이전에 오랫동안 영국에서 애송되었던 사랑의 서정시에서 빛의 언어와 음악을 얻어왔다. 그 언어의 대표적인 경우를 우리는 1막 5장 95~100행의 소네트에서, 3막 2장 1~31행의 소야곡에서, 3막 5장 1~59행의 중세시대의 사랑의 서정시에서, 그리고 5막 3장 12~17행의 비가(悲歌)에서 볼 수 있다.

〈로미오와 줄리엣〉은 전 세계 젊은이들이 언제 어디서나 가장 많이찾는 책 가운데 한 권이다. 그 속에는 젊음과 사랑, 그리고 이별과 죽음의 문제가 제기되고 있기 때문이다. 셰익스피어는 극작가 초기 시절에 이 작품 속에 숱한 이질적인 여러 가지 극적 요소들을 투입해서 엘리자베스 시대 희극과 비극의 새로운 발전의 기틀을 잡았다. 햄릿은 로미오의 연장일 수도 있다. 오필리어와 코델리아는 줄리엣의 연장일 수도 있다. 주제와 플롯, 그리고 성격 창조에서 그는 뛰어난 재능을 일찍이 이 작품에서 선보인 셈이다.

2) 한여름 밤의 꿈

텍스트

가장 신뢰할 만한 텍스트는 첫 번째 쿼토판이다. 1600년에 인쇄한 것이다. 두 번째 쿼토판은 1619년에 인쇄했는데 첫번째 쿼토판을 토대로 해서 지문을 첨가했다. 1623년의 첫 번째 폴리오판은 두 번째 쿼토판을 재인쇄한 것이다. 쿼토판에는 막과 장면 표시가 없었다. 첫번째 폴리오판에 이르러 막이 구분되었다.

창작 시기

확실하지 않지만 1594~1595년으로 추정하고 있다. 연대를 추정하는 단서는 티타니아가 언급한 1594년의 심한 강우(降雨)다. 1592년에 죽은 로버트 그린(Robert Greene)에 대한 언급(5막 1장 52~54행)을 제시하는 학자도 있다.

소재

플롯은 셰익스피어의 창작이다. 작품의 여러 부분들은 제각기 다른 소재를 갖고 있다. 두 쌍의 연인들이 서로 얽히는 정사의 플롯은 이탈리아 희극에서 소재를 구한 것이고, 셰익스피어는 이 소재를 그의 작품 〈베로나의 두 신사〉에서 다시 활용하고 있다. 테세우스와 히폴리타에 관한 이야기는 초서(Chaucer)의 『기사 이야기』에서 얻어온 것이다. 셰익스피어는 또한 플루타르크 영웅전 가운데서 '테세우스의 일생'을 1579년판인 노스(North)의 번역판으로 읽었으리라 짐작된다. 피라모스와 티스베의 이야기는 오비디우스(Ovidius)의 『변신(Metamorphoses)』에서 소재를 구한 것이다. 요정 퍼크(로빈 굿펠로)에 관한 민담은 그가 어린 시절 고향 땅에서 들은 이야기다. 그 당시 스트랫퍼드에서는 이런 얘기들이 널리 퍼져 있었다.

플롯 시놉시스

1막 : 아마존의 여왕 히폴리타와의 결혼을 앞둔 아테네의 공작 테세우스는 특별한 여흥거리를 만들라는 지시를 내린다. 이 여흥의 일부를 아테네의 직업인들이 맡는다. 이들은 아테네 교외에 있는 숲속에 집합해서 보통의 연출로 각자 드라마의 역할을 맡는다. 에게우스는 불만이다. 그의 딸 허미아가 그가 선택한 디미트리우스를 멀리하고 라이산더와 결혼하려 하기 때문이다. 아테네의 법은 아버지의 명령을 따르게되어 있다. 허미아와 라이산더는 아테네의 숲속으로 사랑의 도피를 감행한다. 하지만 이들 한 쌍의 연인들은 큰 실수를 한다. 그들의 도피 계획을 사전에 헬레나에게 알렸던 것이다. 헬레나는 허미아의 친구인데 디미트리우스를 몹시 사랑한다. 그러나 디미트리우스는 허미아를 사랑한다.

2막 : 아테네의 숲속에는 요정들이 있는데, 이들은 공작의 결혼을 축하하기 위해 인도에서 날아왔다. 이들의 지배자인 오베론 왕은 티타니아 여왕과 심한 갈등을 빚고 있다. 어린 인도 소년의 보호 문제로 서로 다투고 있기 때문이다. 오베론은 그녀를 처벌하려고 결심한다. 그의 부하 로빈 굿펠로를 시켜 신비로운 꽃의 즙을 따서 그 즙을 티타니아 여왕의 잠든 눈에 바르고 오라고 지시한다. 이 즙을 눈에 바르면 잠에서 깨어났을 때 처음으로 보게 되는 생물을 사랑하게 된다. 그녀는 짐승을 보게 된다. 그래서 그 짐승을 깊이 사랑하게 된다. 다시 오베론은 퍼크에게 명령해서 잠들어 있는 디미트리우스 눈에 꽃즙을 바르고 오라고 지시한다. 그러나 퍼크는 실수를 해서 꽃즙을 라이산더 눈꺼풀에 바르게 된다. 그는 허미아 가까이에서 잠들어 있었다. 헬레나가 잠자는 라이산더를 깨우는데, 그녀를 본 라이산더는 그녀를 쫓아다니면서 사랑을 고백한다. 잠에서 깨어난 허미아는 옆에 라이산더가 없는 것을 알게 된다. 허미아는 라이산더를 찾아 나선다.

3막 : 보톰과 아마추어 극단원 일행은 숲속에서 연습을 하고 있다. 그러나 퍼크가 이들을 놀라게 해서 보톰의 어깨 위에 당나귀 머리를 얹어놓았다. 그러나 보톰은 그의 모습이 변한 것을 알지 못한다. 그는 노래를 하면서 자신만만하게 여기저기 걸어다니며 티타니아의 잠을 깨우려고 한다. 오베론의 꽃즙 때문에 티타니아는 잠에서 깨어나자 처음 본 보톰을 사랑하게 된다. 한편 오베론은 퍼크의 잘못을 시정하기 위해서 잠든 디미트리우스에게 꽃즙을 발라 그가 깨어났을 때 헬레나를 보도록 한다. 디미트리우스와 라이산더는 헬레나의 사랑을 얻기 위해 결투를 시작한다. 오베론의 지시를 받은 퍼크는 디미트리우스와 라이산더를 떼어놓는다. 그가 잠이 들자 퍼크는 라이산더의 눈꺼풀에 꽃즙의 해독제를 발라준다. 허미아와 헬레나도 잠이 든다.

4막 : 오베론은 티타니아와 보톰을 잠들게 하고, 인도 소년을 그녀의 품에서 빼앗아온다. 퍼크는 보톰의 어깨에서 당나귀 머리를 떼어내준다. 그러고 나서 여왕의 잠을 깨운다. 해가 떠오르자 테세우스, 히폴리타, 그들의 일행이 모두 숲속에 모인다. 그들은 잠자는 네 사람의 연인들을 깨운다. 디미트리우스는 헬레나와 결혼하고자 한다. 테세우스는 두 쌍의 연인들이 그와 함께 합동 결혼식을 거행할 것이라고 선언한다. 보톰도 이상한 꿈에서 깨어나 연극 연습에 열중한다.

5막 : 결혼식이 끝난 후, 이들은 보톰이 연출한 연극을 관람한다. 한밤중이 되었을 때, 여섯 명의 연인들은 물러간다. 퍼크가 막을 내린다.

작품 평가
엘리자베스 시대의 세계상에 대해서 틸랴드는 그의 저서 『엘리자베스 시대의 세계상(The Elizabethan World Picture)』(1949)에서 다음과 같이 설명하고 있다. 이 세계는 '신-천사-인간-동물-식물-무생물'로 구성되며, 이 같은 순서대로 어떤 계급을 형성하고 있다. 이 계층을 다시 보면 천사에도 9개 층이 있고, 인간에도 주종, 부자 등의 종속관계가 있으며, 동물에 있어서도 말은 개나 돼지 등보다 상위에 속한다고 되어 있다. 이것은 식물에도 해당되고, 무생물도 물은 흙보다 위요, 루비는 황옥보다 위이며, 금은 황동보다 더 고귀한 존재다. 개개의 창조물은 존재라는 쇠사슬의 일부에 지나지 않는다. 그 쇠사슬은 신의 옥좌 발끝에서 시작되어 무생물의 최하위 존재에까지 연결되고 있다는 것이다.

엘리자베스 시대 사람들의 세계관을 지배하던 이 같은 질서관은 두 가지 의미를 지니고 있다. 그중 하나는 그들이 이 세계를 완전한 통일성을 지니고 있는 부동의 질서 위에 형성되어 있다는 것이고, 또 하나는 이 질서를 깨고 신하가 임금에게 반역한다든지, 아들이 부모에게 등을 돌리면 존재의 쇠사슬에 거역하는 것이고 궁극적으로는 신을 거역하는 대죄를 짓는 것이 된다. 하지만 때는 인간의 해방, 모든 것이 허락되는 가능성의 시대였다. 기존의 질서에서 벗어나고자 몸부림을 치고 있는 그런 시대였다. 이 시대 사람들은 그동안 지켜오던 질서체계가 내적이며 외적인 무질서와 혼돈 때문에 흔들리고 있는 것을 느끼고 있었다. 횡포가 심한 군주나 부모에게 반항하려는 신하들과 자녀들이 간혹 생기는 경우가 있었다. 이 경우 사람들은 기묘한 심리적 반응을 일으키고 있었다. 셰익스피어는 이 같은 인간 심리의 심층을 파고들었다.

〈한여름 밤의 꿈〉에는 세 가지 층의 세계가 있다. 요정계, 귀족과 신사들의 세계, 그리고 직능인들이 사는 세계이다. 엘리자베스 시대 사람들에게는 이 세 가지 세계는 서로 차원이 다른 세계다. 셰익스피어는 이 작품에서 제1막 1장에 귀족과 신사의 세계를, 제2장에 직업인들의 세계, 그리고 제2막 1장에서는 전반을 요정의 세계로 나누어서 무운시(無韻詩), 산문(散文), 압운시(押韻詩) 등의 언어로 또다시 구분해서 각기 독립된 장으로 제시하고 있다. 제2막 1장 후반에서는 요정과 직공들, 제2장에서도 요정과 직공들, 제3막 1장에서는 귀족과 직공들, 제2장에서는 요정과 직공들, 그리고 제4막 1장에서는 요정과 왕비와 당나귀 머리를 쓴 직공 보톰이 등장해서 정사 장면을 만드는 기상천외의 극적 상황이 전개된다. 셰익스피어는 이 장면을 만들고 작품이 완성되었다고 기뻐했을 것이다. 제4막 2장은 귀족 신사, 제5막 1장은 세 계층의 사람들이 모두 등장해서 대단원의 막을 내린다.

이토록 이 작품은 관객들의 질서 감각을 교묘하게 이용하고 미묘한 가치판단의 균형을 유지하면서 세 계층의 세상에서 벌어지는 생활상, 사랑의 문제, 인간의 관계 등을 혼합해서 총체적으로 통일감 있는 드라마로 만들어 나가고 있다. 서론 부분에서 셰익스피어 극작술의 특징이 중층성에 있다는 것을 설명했는데, 그 뜻을 이런 구체적인 사실을 통해 이해할 수 있을 것이다. 문제는 이 세 가지 이질적인 요소를 혼합시킬 수 있는 방법이 무엇인가 하는 점이다. 그것이 바로 '꿈'의 기능이다.

얼핏 보아 이 드라마는 '꽃즙'이 우연하게 일으킨 동화적 꿈 이야기라고 말할 수 있겠지만 자세히 보면 그것은 사랑의 어리석음과 허무함을 풍자한 희극이다. 그러나 다시 이 드라마를 검토해보면 자신이 누구인지 모르는 자아 상실의 소극적(笑劇的) 부조리극이 되지만, 다시 한번 근원을 캐면 인생은 결국 꿈에 지나지 않는다는 셰익스피어의 인생관이 압축된 영혼의 드라마임을 알 수 있다.

이 작품이 더비 백작과 셰익스피어의 후원자였던 옥스퍼드 백작의 딸 레이디 엘리자베스 드 베어의 결혼식을 축하하기 위해 공연된 것을 생각하면 이 작품의 사회적 의미를 결코 소홀히 할 수 없다. 더욱이 어전(御前)공연이었다. 그 당시 여왕과 허트포드 백작 사이의 불화를 감안하더라도 그렇고, 스코틀랜드 왕 제임스 6세의 비겁함을 풍자한 3막

2장의 연습 장면 등을 보더라도 꿈을 통한 현실의 재조명은 극작가에게 큰 용기가 필요한 것이었고, 그래서 그 일은 셰익스피어 연극이 할 수 있는 예술적 특권이었다.

3) 베니스의 상인

텍스트

최고의 텍스트는 1600년에 나온 첫번째 쿼토판이다.

창작 시기

이 희곡은 1598년 7월 22일 작품 등기소(the Stationer's Register)에 등록되었다. 창작 시기는 1596년부터 1598년 사이로 추정할 수 있다. 창작 연도는 1594년 6월에 있었던 로페즈(Dr. Lopez)의 처형 때까지 올라간다. 또 한 가지 단서는 제1막 1장 27행에서 언급된 스페인의 함선 세인트앤드루인데, 영국의 카디즈 원정 때 나포되었다. 이 소식이 영국에 도달한 것은 1596년 7월이었다.

소재

조바니 피오렌티노(Ser Giovanni Fiorentino)가 1378년에 쓴 이탈리아 소설 『얼간이(Il Pecorone)』와 영국의 스티븐 고센(Stephen Gossen)의 작품 『폭력학교(School of Abuse)』(1579), 그리고 말로의 『말타의 유대인(The Jew of Malta)』 등이 중요한 소재가 된다. 1586년 유대인 의사 로데리고 로페즈는 여왕의 주치의가 되었다. 그 이후 그는 여왕 살해 음모 사건으로 체포되어 1594년 처형되었다. 당대에 있었던 이 사건이 이 작품을 쓰는 데 영향을 끼쳤으리라 추측된다. 1594년 8월 25일 로즈 극장에서 〈베니스의 희극(Venesyon Comedye)〉이라는 작품이 공연되었다. 이 작품이 셰익스피어가 입수한 직접적인 소재원(素材源)이 된다고 추측되는데, 현재 이 작품은 남아 있지 않다. 이 작품은 헨슬로(Henslowe)의 일기에 기록으로 남아 있다.

플롯 시놉시스

1막 : 베니스의 상인 안토니오는 그의 친구 바사니오를 돕기 위해 3천 두카트를 유대인 고리대금업자 샤일록으로부터 빌린다. 바사니오는 품성이 고귀하지만 가난했다. 그리고 그는 벨몬트의 아름다운 처녀 포샤에게 구혼 중이었다. 샤일록은 안토니오에게 무이자로 돈을 빌려 준다고 약속했다. 그러나 석 달 안으로 돈을 갚지 않으면 심장에서 가장 가까운 데 있는 1파운드의 살점을 몰수한다는 조건이었다. 바사니오는 이 같은 계약 조건이 마음에 들지 않았지만 안토니오는 그의 상선이 두 달 안으로 귀항할 터이니 채무를 이행하는 데 별 문제가 없을 것이라고 말해서 그 조건을 수락했다.

2막 : 포샤의 구혼자 모로코 왕이 벨몬트에 도착한다. 그는 포샤의 지시에 따라 상자를 선택해야 한다. 구혼자들은 금 · 은 · 납으로 된 세 가지 상자 가운데서 하나를 선택해야 한다는 것이다. 올바른 상자를 선택한 사람만이 포샤와 결혼할 수 있었다. 바사니오는 돈을 들고 구혼하기 위해 벨몬트로 온다. 그레시아노가 그와 동행했다. 바사니오 곁에는 한때 샤일록의 하인이었던 어릿광대 란슬로트 고보가 있다. 바사니오의 또 다른 친구인 로렌조는 샤일록의 딸 제시카와 사랑의 도피를 감행한다. 그녀는 아버지의 재산을 잔뜩 들고 나왔다. 모로코 왕은 금상자를 선택해서 실패했다. 또 다른 구혼자인 아라곤 왕은 은상자를 선택해서 실패했다. 이때 바사니오의 도착이 알려진다.

3막 : 안토니오의 상선 세 척이 좌초됐다는 소식이 전해진다. 샤일록은 안토니오의 불운을 기뻐하며 채무에 대한 대가를 요구한다. 포샤는 바사니오를 도와서 납상자를 선택하도록 한다. 그녀는 그의 행운을 기념해서 그에게 반지를 선사한다. 그레시아노는 포샤의 하녀 네리사의 사랑을 얻는다. 곧이어 로렌조와 제시카가 등장한다. 이들은 모두의 행운을 기뻐하고 있다. 그러나 안토니오의 불행한 소식이 전달된다. 모든 기쁨이 사라졌다. 포샤는 급히 바사니오와 결혼하고, 그를 베니스로 보낸다. 돈을 갚는다는 약속을 전달하기 위해서다. 그녀와 네리사는 벨몬트에서 기다리기로 한다. 그러나 그들은 곧 젊은 법률가와 서기로 변장한다. 안토니오를 구하기 위해서 그들은 베니스로 출발한다. 안토니오는 샤일록의 마음을 바꾸려고 노력한다. 그러나 고리대금업자는 완강하다.

4막 : 포샤와 네리사가 베니스 법정에 도착한다. 안토니오를 변호하기 위해서다. 바사니오가 빚을 세 배로 갚는다 해도 샤일록은 단호하게 거절한다. 포샤는 샤일록에게 약속대로 살점 1파운드를 잘라내는 것은 좋지만 피를 한 방울이라도 흘리거나 중량을 초과하면 안 된다고 못박는다. 기독교인의 피를 한 방울이라도 흘리게 하면 베니스 법에 의하여 그의 재산은 전부 몰수된다고 말한다. 궁지에 몰린 샤일록은 세 배의 차용금을 받겠다고 요청한다. 그러나 법정은 살점 1파운드만 허락한다고 선언한다. 결국 법정은 샤일록이 선량한 시민의 생명을 위협했기 때문에 샤일록의 재산 가운데서 반은 국가에서 몰수하고, 나머지 반은 안토니오에게 귀속시킨다고 판결한다. 그러나 샤일록의 목숨만은 살려둔다고 관용을 베푼다. 안토니오는 그가 받게 되는 재산은 샤일록이 죽으면 로렌조에게 주기 바란다고 말한다. 포샤와 네리사는 사례금은 받지 않겠지만 바사니오와 그레시아노의 반지를 감사의 표시로 받겠다고 말한다. 두 사람은 반지를 빼주고 벨몬트로 간다.

5막 : 로렌조와 제시카가 벨몬트의 밤을 즐기고 있는 동안 포샤와 네리사는 바사니오와 그레시아노보다 한 발 앞서서 도착한다. 두 남자가 도착했을 때, 두 여인은 그들의 남편들이 결혼 반지를 남에게 주고 온 것에 대해서 짐짓 화를 내는 척한다. 그러다가 포샤는, 변장을 하고 베니스에 간 사실을 이들에게 알려준다. 이들이 서로의 행복한 결말을 축하하고 있는 동안에 안토니오의 배가 무사히 베니스 항구에 도착했다는 소식을 접한다.

작품 평가

〈베니스의 상인〉은 샤일록이 위력을 발휘하는 연극이다. 셰익스피어는 샤일록의 성격을 악덕 고리대금업자로 창조했다. 고리대금업은 중세 이후부터 부도덕한 직업으로 간주되었다. 샤일록은 극 초반에서부터 물욕에 찌든 교활한 노인으로 묘사되고 있는데, 그가 맡고 있는 역할이 악역이기 때문에 그는 결국 비극적 종말을 맞게 될 것이라는 것을 당시 관객들에게 암시하고 있는 것이었다. 셰익스피어는 혹독한 이 유대인에게 인간적인 면모를 부여하고자 노력하고 있는데, 그가 무대에 모습을 나타내면 비극적인 정조가 깔리는 것은 어쩔 수 없는 일이다. 그의 딸 제시카가 기독교도와 사랑의 도피를 하고, 그의 종교와 가족이 모멸당하는 국면에서 샤일록은 기독교도들에 대해서 증오심과 복수심을 갖게 된다.

사실 〈베니스의 상인〉은 셰익스피어의 극 가운데서도 특히 종교색이 강한 작품으로 인식되고 있다. 리치먼드 노블(Richmond Noble)은 그의 저서 『셰익스피어의 성서적 지식(Shakespeare's Biblical Knowledge)』에서 다음과 같이 언명하고 있다. "성서로부터의 인용이라는 관점에서 볼 때, 이 작품은 셰익스피어 극 가운데서도 가장 중요한 작품이 된다. 왜냐하면, 이 극 속에는 샤일록의 묘사 가운데에 작가가 성서를 면밀하게 연구한 흔적을 볼 수 있기 때문이다."

우리는 샤일록이 성서로부터 숱한 인용을 하고 있음을 주목해야 한다. 또한 셰익스피어가 유대인 샤일록을 묘사하는 데 있어서 성서로부터의 인용을 어떻게 이용하고 있는지에 대해서도 면밀한 관찰이 필요하다. 이런 사실을 규명하면서 우리는 이 작품의 주제가 어디에 있는지에 대해서도 연구해보아야 한다.

우선 발견되는 성서의 언급은 1막 3장의 '야곱과 라반의 이야기' '아버지 에브라함', 2막 5장의 '야곱의 지팡이' '하갈의 아들', 4막 1장의 '다니엘 님이 재판하러 오신다' 등 구약성서의 언급과 1막 3장의 '나자렛의 예언자가 마술을 써서 악마를 그 속에 밀어 넣었다', 2막 5장의 '방탕자 기독교도', 4막 1장의 '바라바의 자손' 등 신약성서로부터의 언급이 있음을 알게 된다. 성서에 대해 샤일록 이상으로 많이 언급하고 있는 인물은 포샤인데, 그녀의 언급은 4막 1장의 재판 장면에서 자비심을 찬양하는 대목에서 이루어지고 있음을 알 수 있다.

이 같은 성서의 언급은 이 작품의 주제와 밀접한 관계를 맺고 있는데, 그 주제를 우리는 두 가지 근원적인 대립의 존재에서 확인할 수 있다. 그 대립의 한쪽에 샤일록이 있다. 그는 '법'과 '재판'을 대변하고 있다. '눈에는 눈, 이에는 이'라는 복수의 원리에 입각해서 계약문서를 내세우며(3막 3장) 완고하고 엄격한 태도를 견지하고 있다. 이같은 샤일록의 태도는 생명을 부여하는 영혼의 발동이 아니고, 생명을 죽이는 살의를 품고 있다. 또 하나의 대립적 존재인 포샤는 '희생'과 '자비'를 대변하고 있다. 처벌을 요구하는 샤일록에 대해서 포샤는 신의 가르침을 언급하며 자비심을 찬양하는 유명한 대사를 전달하고 있다. 안토니오를 재판하는 장면에서 이 같은 두 대립적인 존재의 충돌이 명백하게 그려지고 있다.

메인 플롯에서 볼 수 있는 이 같은 대립의 반영은 서브 플롯의 구조 속에서도 확인할 수 있다. 란슬로트 고보가 처음으로 무대에 등장해서 양심과 악마에 관해서 말하고 있는 대목에서 특히 잘 나타나고 있다. 란슬로트는 '유대인인 전 주인(샤일록)을 피해', '기독교도인 새 주인(바사니오)'한테 왔다고 하면서 무대에 나타난다. 란슬로트의 이 같은 행위는 나중에 제시카가 로렌조와 도망가는 사건의 전조라고 할 수 있다. 악마의 노예였던 란슬로트는 하느님의 은혜로 떳떳한 인간으로 탈바꿈되며, 낡은 율법에 묶여 있던 유대인의 딸 제시카는 새로운 율법 속에서 기독교도의 신부가 되는 드라마가 〈베니스의 상인〉이다.

〈베니스의 상인〉에서 다루는 또 다른 주제는 사랑과 우정이다. 이 극에는 바사니오와 포샤의 이지적 사랑이 있는가 하면, 로렌조와 제시카의 로맨틱한 사랑도 있다. 안토니오와 바사니오의 아름다운 우정이 있고, 란슬로트 고보 부자의 어릿광대 웃음거리도 있으며, 포샤가 주관하는 상자 선택의 게임이나 인육 재판의 아슬아슬한 이야기도 있다. 이들 플롯들이 그 나름대로 드라마를 발전시키고 있으며, 그 드라마의 흐름에 따라 작중의 주인공이 바뀌는 복수(複數) 주인공의 양상을 지니고 있다. 셰익스피어 초기 희극의 특징인 중층성의 현상인데, 이 경우는 한 가지 액션으로 주제나 인물을 통합시키는 일이 불가능해지고 플롯이나 인물이 다양해진다. 이 같은 유형의 작품에서는 인간과 세계를 보는 극작가의 관점과 감성이 중요하다. 그 관점은 리얼리즘이요, 그 감성은 희극적이다. 리얼리즘의 시각은 날카로운 현실 비판이 되고, 대립과 갈등의 플롯을 전개시킨다. 희극적 감성은 자비와 관용과 사랑의 아름다움을 고양시키면서 서로 반목하는 두 세계의 화해를 유도한다.

　샤일록은 엘리자베스 시대 사람들의 증오의 대상이었다. 당시 유대인 문제에 관해서는 세 가지 측면에서 보아야 한다. 첫째는 1290년 에드워드 1세가 공포한 유대인 추방령이 그 당시에는 아직도 유효했다는 사실이다. 이들의 국내 거주가 허락된 것은 1650년 크롬웰 시대에 이르러서였다. 두 번째는 이들 대부분의 국내 거주 유대인들이 고리대금업을 하고 있었다는 사실이다. 그 당시 영국인들은 안토니오의 경우에서 알 수 있듯이 이자 받고 돈 빌려주는 일을 죄악시했다. 하지만 때로는 불가피하게 유대인으로부터 돈을 빌리는 일이 생겼다. 그러나 그것은 죄악감이 수반되는 일이었고, 그 감정이 굴절되어 유대인 증오의 감정으로 발전되었다. 세 번째는 엘리자베스 여왕의 시의(侍醫)였던 유대계 포르투갈인 로더리고 로페즈의 여왕 암살 계획의 발각이다. 이 사건은 엘리자베스 시대 영국인들에게 반유대인 감정을 폭발시켰다. 이런 연유로 안토니오 · 바사니오 · 포샤 등의 주인공군(主人公群)과 샤일록의 대결은 인종 · 종교 · 경제의 차원을 넘는 갈등으로 발전되어 우정과 사랑의 세계와 증오와 복수의 세계와의 충돌의 드라마가 형성된 것이다. 이 충돌은 인간의 건강하고 밝은 면과 병들고 어두운 면이 서로 부딪치는 투쟁이라 할 수 있다.

셰익스피어는 〈베니스의 상인〉을 통해 인생에는 사랑과 미움이 있고, 꿈과 법이 있으며, 웃음과 비통함까지도 함께 있다는 사실을 우리들에게 깨닫게 해주고 있다. 끝으로 언급하고 싶은 것은 두 개의 대립되는 이질 공간인 베니스와 벨몬트의 배경 설정이다. 현실과 꿈, 법과 사랑의 두 공간이 지리적으로 구분되고 있는 점이 희극적 복합구조에 도움을 준다. 항구 베니스는 해가 떠 있는 생존경쟁의 장(場)이요, 벨몬트는 달빛이 가득 찬 사랑의 장(場)인 것이다.

4) 당신이 좋으실 대로

텍스트
가장 권위 있는 텍스트는 첫번째 폴리오판(1623)이다.

창작 시기
1599년 후반부터 1600년 전반에 창작되었다고 추정하고 있다. 이때는 셰익스피어가 〈십이야〉(1600), 〈줄리어스 시저〉(1599) 등의 명작을 쓰던 시기였는데 4대 비극의 시기가 목전에 다가오고 있었다. 〈햄릿〉은 1601년이었다.

소재

직접적인 소재원은 토마스 로지(Thomas Lodge)의 소설 『로잘린드, 유푸스의 황금유산(Rosalynde, Euphues' Golden Legacie)』(1590)이다. 그러나 셰익스피어는 등장인물의 이름을 바꾸고 제이퀴즈, 터치스톤, 오드리, 윌리엄, 올리버 마텍스트 등의 인물을 새로 창조해냈다. 로지의 소설에 등장하는 로잘린드는 드라마 속의 인물과 같고, 소설 속의 로자다가 드라마 속의 올랜도이다. 줄거리는 아주 비슷하다. 그러나 셰익스피어가 이 소설을 토대로 해서 희곡을 썼을 때, 그 작품에 등장하는 인물들은 생동감에 넘치게 되고, 드라마의 중요 무대가 되는 '아든 숲'은 생명의 숨결을 뿜게 된다.

플롯 시놉시스

1막 : 롤런드 드 보이스 경의 장남인 올리버는 그와 그의 동생들에게 건네진 유산을 막냇동생인 올랜도의 교육비와 양육비에 사용하는 것을 거절한다. 올랜도는 이 상황에 불만이다. 올랜도는 씨름꾼 찰스에게 도전한다. 형 올리버는 이 일에도 냉담하다. 찰스는 프레드릭 공작의 최고 씨름꾼이다. 공작의 경기장에 나온 로잘린드를 실리아가 위로하고 있다. 왜냐하면 로잘린드의 아버지 노공작이 프레드릭 공작에 의해 추방되어 아든 숲속에서 외롭게 살고 있기 때문이다. 올랜도가 씨름에서 찰스를 물리친다. 프레드릭 공작은 올랜도가 옛 정적인 유형당한 공작의 아들인 것을 알고 축하해주지도 않고 오히려 로잘린드를 추방시킨다. 로잘린드가 쫓겨나면 그녀도 함께 가겠다고 실리아는 막무가내다. 두 여인은 아든 숲으로 가기 위해 준비한다. 이들은 로잘린드의 아버지를 찾아 나선 것이다. 안전을 위해 로잘린드가 남장을 한다. 익살꾼 터치스톤이 이들과 동행한다.

2막 : 아든 숲에 은거하는 노공작은 이 낙원의 우두머리요 철학자이다. 그는 도시와 문명 그리고 궁전을 떠나 전원생활을 즐기고 있다. 실리아의 동반 가출을 알게 된 프레드릭 공작은 즉시 명령을 내려 이들을 다시 불러오도록 한다. 여인의 가출을 도와주었다는 누명을 쓴 올랜도 때문에 그의 형 올리버도 처벌 직전의 위기에 처한다. 올랜도도 숲을 향해 떠난다. 오랜 시간이 지난 다음 여인들과 올랜도는 아든 숲에 도착한다. 가니메데와 앨리나로 이름을 바꾼 이들 여인들은 양치기 코린의 도움으로 양치기 농부로 변신한다. 올랜도는 굶은 탓으로 분별력을 잃고 칼을 빼들고 공작의 추종자들로부터 음식을 빼앗으려고 하지만 오히려 이들의 초대를 받고 음식을 제공받는다.

3막 : 궁으로 돌아온 프레드릭 공작은 올리버의 전 재산을 몰수하도록 지시한다. 가출한 여인들에 관한 정보를 갖고 오면 처벌을 면제한다고 그에게 통고한다. 올랜도는 숲속에서 시인이 되었다. 그는 사랑에 빠졌다. 그는 로잘린드를 찬양하는 시를 써서 나무에 걸어둔다. 로잘린드는 숲속에서 이 시를 발견하고 올랜도가 그녀를 사랑한다는 것을 알게 되었다. 가니메데로 분장한 로잘린드는 숲속에서 올랜도를 만난다. 가니메데는 그의 상사병을 고쳐주겠다고 말한다. 올랜도는 그 제안을 받아들인다. 터치스톤은 시골 처녀 오드리와 사랑에 빠졌다. 가니메데는 올랜도의 상사병 치료를 하기 위해 그를 숲속에서 기다리고 있다. 그는 나타나지 않는다. 가니메데는 코린의 초청을 받고 양치기 실비우스가 사랑의 반응이 없는 피비에게 구애(求愛)하는 광경을 보러 간다. 로잘린드는 피비가 애인에게 너무 냉혹하게 행동한다고 나무란다. 그러나 피비와 실비우스의 사랑을 성사시키려다가 로잘린드는 피비의 사랑을 받게 된다(로잘린드는 남장을 하고 있다).

4막 : 올랜도가 한 시간 늦게 도착한다. 그러나 그는 가니메데로부터 사랑의 교습을 받기를 갈망한다. 두 번째 교습을 받기로 한 날에도 올랜도는 늦게 왔다. 그 사이에 가니메데는 피비로부터 편지를 받는다. 가니메데는 그 편지를 실비우스에게 읽어주고 피비가 그를 얼마나 우습게 알고 있는지 알려준다. 올랜도는 교습을 받으러 오는 길에 형 올리버가 나무 그늘 아래서 잠들어 있는 것을 보았는데, 그 순간 뱀과 사자가 그의 목숨을 노리고 있었다. 올랜도는 그의 형의 목숨을 구했지만 자신은 상처를 입었다. 올랜도는 올리버를 가니메데에게 보내 자신이 늦는 이유를 설명하도록 했다. 올리버가 갖고 온 피묻은 수건을 보고 로잘린드는 실신한다.

5막 : 두 형제들은 이제 다시 만나게 되었다. 올리버는 실리아를 사랑하게 되었다. 그는 그녀와 결혼하고 싶었다. 더욱이 그는 올랜도에게 그의 저택을 넘겨주겠다고 말한다. 그러나 올랜도에게 로잘린드가 없는 세상은 의미가 없었다. 다음 날, 노공작이 종신들을 거느리고 나타났다. 네 쌍의 연인들도 결혼하기 위해 모였다. 로잘린드와 올랜도, 올리버와 실리아, 실비우스와 피비, 터치스톤과 오드리. 이때 반가운 소식이 전해졌다. 프레드릭 공작이 아든 숲으로 오다가 개과천선하여 구도의 길에 들어섰다는 전갈이었다. 그는 몰수한 재산을 전부 돌려준다고 언명했다. 행복한 결혼을 축하하는 춤판을 끝으로 연극은 막을 내린다.

작품 평가

로잘린드와 실리아는 셰익스피어가 창조한 여성 성격 가운데서도 아주 이상적이며 매력적인 여인이다. 로잘린드는 포샤를 닮아 기지에 넘치고, 솔직하고, 쾌활한 여성이다. 실리아는 귀엽고, 착하고, 성실한 여성이다. 올랜도나 올리버, 터치스톤, 두 공작들 ─ 이 모든 인물들은 두드러진 성격을 지닌 독자적 성격의 인물은 되지 못하지만, 모든 인물이 '아든의 숲'이 지니고 있는 자연의 특성을 갖고 있다. "이 작품의 주인공은 누구인가, 그리고 주제는 무엇인가, 그리고 작품의 성격은 어떤 것인가"라고 물으면 답변은 "아든 숲"이라고 말할 수밖에 없는 그런 전원 목가극이 바로 〈당신이 좋으실 대로〉이다.

희곡의 구성도 단순하다. 공작 집안의 싸움, 드 보이스 가문의 형제 싸움, 올랜도와 로잘린드의 사랑 등 세 가지 스토리가 실오라기처럼 서로 엉켜 있다. 숲속에서의 사랑 이야기가 큰 줄기를 이어가고 있지만, 사소한 이야기들, 예컨대 씨름 시합, 가정의 분쟁, 충복 애덤의 등장과 돌연한 소멸, 아든 숲속의 사자, 프레드릭 공작의 석연치 못한 돌발적인 행동, 실리아와 올리버의 돌발적이고도 기묘한 사랑, 로잘린드의 남장과 사랑놀이 등이 주제와 어떻게 관련되어 메인 액션을 구축해 나가는지 알 수 없을 지경이다. 제2막 7장에서 우울한 귀족 제이퀴즈는 어떤 플롯에도 관여하지 않지만 수시로 중요한 발언을 하고 있다.

"세계는 하나의 무대……." 이 대사는 무엇을 의미하며, 그의 극적 기능은 무엇인가. 이에 대한 해답은 깊고 난해하다.

그러나 한 가지 분명한 것은 작중의 중요한 인물들이 모두 사랑에 관련되어 있다는 사실이다. 네 쌍의 연인들이 결혼을 하고 두 쌍의 형제들이 화해를 하는 동안 아든 숲은 불가사의한 마술적 작용을 하고 있다. 이 신비로운 푸른 숲속에서 인간들은 각자 자신을 새로운 '눈'으로 다시 보게 되고 변신을 거듭하게 된다. 슈레겔(A.W. Schulegel)의 작품평은 이 점에서 감동적이다. "나무 그늘 속에서 어떤 사람은 운명의 변전(變轉), 세상의 부정, 그리고 사회생활의 고통에 대해서 울적한 심정으로 명상해볼 수 있다. 또 어떤 사람은 사교적인 노래와 축제의 음악으로 숲속을 가득 채울 수도 있다. 사리사욕과 시기심과 야욕은 도시 저편에 놔두고 왔다. 모든 인간의 열정 가운데서 오로지 사랑만이 이 숲속의 길을 찾아올 수 있다." 바로 이것이다. 〈당신이 좋으실 대로〉는 사랑의 묘약을 얻는 인간의 드라마이다. 인간들은 이 숲속에서 사랑과 미움을, 지혜와 어리석음을, 웃음과 눈물을, 비관주의와 낙천주의를 남자와 여자를 뒤섞는다. 그것은 꿈같은 일이다. 그 꿈속에서 자신의 진정한 아이덴티티를 찾고 애정을 나누고, 우정을 가꾼다. 이 얼마나 황홀한 일인가. 아든 숲은 그래서 영원히 존재한다. 셰익스피어의 이 명작이 그의 작품 가운데서 가장 달콤한 행복감을 안겨주는 이유가 여기에 있다.

이태주

연도	윌리엄 셰익스피어	시대 배경
1564 (0세)	4월 23일 출생. 4월 26일, 존과 메리의 장남으로서 세례 받음.	C. 말로 탄생. 갈릴레오 탄생. 미켈란젤로 사망.
1565 (1세)	7월 4일 존, 스트랫퍼드 시참사위원(alderman)으로 피선(被選). 9월 12일 임명.	『지혜의 보고』의 저자 프랜시스 미아즈 탄생.
1566 (2세)	10월 13일, 존과 메리의 차남 길버트 세례.	해군대신극단 대표배우 에드워드 아렌 탄생.
1568 (4세)	9월 4일 존, 스트랫퍼드 시장(bailiff)에 선출됨.	메리 스튜어트 폐위. 영국에서 유폐됨.
1569 (5세)	4월 15일, 존과 메리의 다섯 번째 아이 조앤(Joan) 세례.	여왕극단, 우스터백작극단 스트랫퍼드에서 공연.
1571 (7세)	이즈음 윌리엄은 문법학교 킹즈 뉴 칼리지에 입학. 9월 28일 4녀 앤 세례 받음.	윌리엄 세실 경, 벌리 경이 됨.
1574 (10세)	3월 11일, 존과 메리의 일곱째 아이 리처드 세례. 전염병으로 런던 공연 금지.	5월 10일 레스터경극단이 왕실의 후원을 받음.
1575 (11세)	존, 스트랫퍼드에 정원과 과수원이 있는 두 채의 집을 40파운드로 구입. 윌리엄은 아마도 케닐워스의 축제를 봤을 것이다. 〈한여름 밤의 꿈〉에 반영되어 있다.	7월, 엘리자베스 여왕, 케닐워스 성 방문.
1576 (12세)	존, 문장(紋章) 허가 신청. 이때부터 존은 마을 의회 결석이 잦음. 군비 의연금도 미납.	제임스 버비지의 상설극장 '시어터(The Theatre)'가 쇼어디치에 건립됨.
1577 (13세)	존, 이때부터 재정적 어려움 때문에 공식회의 불참.	커튼극장 건립. 홀린셰드, 『연대기』 초판 발행.
1578 (14세)	11월 14일, 존은 부인의 유산 일부인 윌름코트의 집과 토지를 담보로 의형 에드먼드 란바트의 돈 40파운드 차입.	8월 24일, 존 스톡우드가 설교 중에 극장 비난.

연도	윌리엄 셰익스피어	시대 배경
1579 (15세)	4월 4일, 4녀 앤 매장. 존, 스니타필드의 토지를 4파운드에 매각.	노스 역『플루타르크영웅전』 출판. 존 플레처 탄생.
1580 (16세)	5월 3일, 4남(여덟 번째 아이) 에드먼드 세례. 존, 치안유지법 위반으로 20파운드의 벌금 지불.	『영국연대기』 출판.
1581 (17세)	8월 3일, 랭커셔에 사는 알렉산더 호턴의 유언장에 '배우 윌리엄 셰익스피어'에게 연금 2파운드를 남긴다는 기록이 있음. 윌리엄의 이름이 최초로 문서에 기록.	10월, 6세의 헨리 리즐리가 3대째의 사우샘프턴 백작이 됨.
1582 (18세)	11월 27일, 윌리엄, 8세 연상의 앤 해서웨이와 결혼.	버클레이경극단, 스트랫퍼드에서 공연. 에든버러대학 창립
1583 (19세)	5월 26일, 윌리엄과 앤의 장녀 수재나 세례.	옥스퍼드백작극단, 우스터백작극단 등이 스트랫퍼드에서 공연.
1585 (21세)	2월 2일, 쌍둥이 햄닛과 주디스 세례.	제임스 버비지, 커튼극장의 경영권 장악.
1586 (22세)	9월 6일, 존, 시위원에서 해임. 윌리엄, 런던행(?).	여왕극단, 레스터백작극단이 스트랫퍼드에서 공연.
1587 (23세)	6월 13일에 발생한 상해 사건으로 결원을 채우기 위해 윌리엄이 여왕극단에 가입한 가능성 있음.	헨슬로, 로즈극장 건립. 홀린셰드, 『연대기』 제2판 간행.
1588 (24세)	윌름코트 토지가옥 변제를 청구하면서 윌리엄이 란바트에 소송 제기.	레스터 백작 사망. 영국 해군, 스페인 무적함대 격파. 리처드 탈턴 매장(9월 3일).
1589 (25세)	윌리엄, 스트랑경극단과 해군대신극단이 합병해서 만든 극단에 관계함.	로버트 그린의 『Menaphon』에 쓴 토머스 내시의 서문에 〈원햄릿(Ur-Hamlet)〉이 언급됨.
1592 (28세)	윌리엄 그린의 책 『문(文)의지혜』(9월 20일 출판등록)에서 윌리엄을 비난하는 문구 '벼락출세한 까마귀(upstartcrow)' 발견.	6월, 극장 폐쇄. 9월 3일 그린 사망. 에드워드 알레인, 헨슬로의 양녀와 결혼해서 헨슬로와 동업자가 됨.

연도	윌리엄 셰익스피어	시대 배경
1593 (29세)	사우샘프턴 백작에게 〈비너스와 아도니스〉 헌정. 출판등록 4월 18일. 같은 해에 4절판으로 등록. 〈타이터스 앤드로니커스〉 집필. 〈말괄량이 길들이기〉 집필. 〈루크리스의 능욕〉 집필.	극작가 크리스토퍼 말로 살해당함(5월 30일). 전염병으로 윌리엄이 소속된 펜브루크백작극단이 어려움을 겪음.
1594 (30세)	윌리엄, 궁내대신소속극단에 단원으로 참가. 〈타이터스 앤드로니커스〉 출판 등록(2월 6일). 동년에 양(良)사절판으로 출판. 로즈극장에서 공연(1월 23일). 〈헨리 6세 2부〉 출판 등록(3월 12일). 동년에 악(惡)사절판 출판. 〈루크리스의 능욕〉 출판 등록(5월 9일). 동년 양사절판으로 출판. 〈실수 연발〉 그레이 법학원에서 공연(12월 28일). 〈베로나의 두 신사〉 집필. 〈사랑의 헛수고〉 집필. 〈로미오와 줄리엣〉 집필. 〈말괄량이 길들이기〉 공연(6월 13일).	1592년부터 이래로 폐쇄되었던 정규공연이 6월에 시작됨. 스트랫퍼드 대화재(9월 22일). 헨리 거리의 셰익스피어의 가옥도 피해를 입음. 펜브루크백작극단 해체(12월 28일). 6월 7일에 유대인 의사 로더리고 로페즈가 여왕 암살 용의로 처형됨.
1595 (31세)	3월 15일에 전년 12월의 어전공연에 대한 지불명부에 20파운드의 액수와 간부단원 윌리엄의 이름이 기록됨.	9월, 스트랫퍼드 화재. 〈리처드 2세〉 또는 〈리처드 3세〉 공연(12월 9일). 프랜시스 랭글리, 펜브루크백작극단의 본거지인 스완극장 건립.
1596 (32세)	8월 11일, 장남 햄닛 매장(11세). 10월 20일에 존, 문장 사용 허가받음. 윌리엄, 비숍게이트의 세인트헬렌에 거주(10월).	스완극장에서 네덜란드의 관광객 한니스 드 위트가 관객을 3천 명으로 추산. 2월 4일에 제임스 버비지가 블랙프라이어즈극장을 600파운드로 구입.
1597 (33세)	5월 4일에 윌리엄, 스트랫퍼드에서 가장 아름답고 두 번째로 큰 '뉴 플레이스' 저택을 60파운드에 구입. 〈윈저의 즐거운 아낙네들〉 공연(4.22~23). 〈리처드 2세〉 출판등록(8.29), 동년 양사절판 출판. 〈리처드 3세〉 출판 등록(10.20), 동년 양과 악의 중간사절판 출판. 〈헨리 4세 1부, 2부〉 집필(1597~1598). 〈사랑의 헛수고〉 공연.	2월 2일 제임스 버비지 매장.

연도	윌리엄 셰익스피어	시대 배경
1598 (34세)	〈헨리 4세 1부〉 출판 등록(2.25). 출판. 〈베니스의 상인〉 출판 등록(7.22). 윌리엄, 벤 존슨의 〈각인각색〉에 출연(9.20 이전). 〈사랑의 헛수고〉 양사절판 출판(12월). 〈헛소동〉 집필(1598~1599). 〈헨리 5세〉 집필(1598~1599)	재상 윌리엄 세실 사망. 프랜시스 미어스의 수기 『지식의 보고』 출판(9.7). 이 책에는 윌리엄에 관한 여러 가지 언급이 있음.
1599 (35세)	2월 21일, 윌리엄, 주주의 한 사람으로서 글로브극장 건설 운영에 관한 계약서 작성. 세인트 헬렌에 보관된 세금 관계 서류에 윌리엄의 이름이 있음. 글로브극장 개장. 〈줄리어스 시저〉 집필. 글로브극장에서 공연(9.21). 〈로미오와 줄리엣〉 양사절판 출판. 〈당신이 좋으실 대로〉 집필(1599~1600). 〈십이야〉 집필(1599~1600).	시인 에드먼드 스펜서 사망. 풍자문학 금지(6.1). 에식스 백작의 아일랜드 원정 실패.
1600 (36세)	〈당신이 좋으실 대로〉 등록(8.4), 출판 보류. 〈헛소동〉 등록(8.4). 양사절판 출판(10월). 〈헨리 4세 2부〉 등록(8.23). 양사절판 출판. 〈헨리 5세〉 등록(8.23). 악사절판 출판. 〈한여름 밤의 꿈〉 등록(10.8). 템스강 남안(南岸) 크링크 지구 납세자 리스트에 13실링 4펜스 미납 기록.	동인도회사 설립. 헨슬로, 520 파운드를 들여서 포춘극장 건립.
1601 (37세)	부친 존 사망. 9월 8일 매장. 궁내대신극단이 에식스 백작 일당의 요청에 의해 왕위 찬탈극 〈리처드 2세〉 글로브극장에서 공연(2.7). 〈십이야〉 궁전에서 공연(1.6). 〈햄릿〉 집필(1601~1602). 〈트로일로스와 크레시다〉 집필(1601~1602).	2월 8일, 에식스 백작, 런던에서 반란 일으키다 체포되어 사형됨(2.25). 사우샘프턴 사형 면함.
1602 (38세)	5월 1일 윌리엄, 스트랫퍼드에 107에이커의 토지를 320파운드로 구입. 윌리엄, 런던 크리플게이트에 하숙. 〈윈저의 즐거운 아낙네들〉 등록(1.18). 악사절판 출판. 〈햄릿〉 등록(7.26). 〈끝이 좋으면 다 좋다〉 집필(1602~1603).	

연도	윌리엄 셰익스피어	시대 배경
1603 (39세)	5월 19일, 궁내대신극단이 국왕극단이 되다 (5.19). 〈트로일로스와 크레시다〉 등록(2.7). 〈햄릿〉 악사절판 출판.	엘리자베스 여왕 사망(3.24). 튜더 왕조 끝남. 제임스 1세 즉위하여 스튜어트 왕조 출범. 3월 19일 전염병으로 극장 1년간 폐쇄.
1604 (40세)	〈오셀로〉 집필. 11월 1일 궁정에서 공연. 〈자에는 자로〉 집필(1604~1605). 12월 26일 궁전에서 공연. 〈햄릿〉 양사절판 출판. 〈윈저의 즐거운 아낙네들〉 궁정에서 공연(11.4).	4월 9일, 극장 개관. 제임스 1세 스페인과 화평 체결.
1605 (41세)	국왕극단이 〈헨리 5세〉를 궁정에서 공연(1.7). 국왕극단이 〈베니스의 상인〉을 궁정에서 공연(2.10). 〈리어 왕〉 집필(1605~1606).	11월 15일, 가이 포크스의 의사당 폭파 음모사건(화약음모사건) 발각. 레드불극장 개관.
1607 (43세)	6월 5일 장녀 수재나, 의사 존 홀과 결혼(6.5). 〈리어 왕〉 출판등록(11.26). 〈코리올레이너스〉 집필. 〈아테네의 타이몬〉 집필. 〈맥베스〉 아마도 햄프턴코트에서 덴마크 왕 크리스찬 4세 방문을 기념해서 공연(8.7). 〈햄릿〉 영국 함선 드래곤호 선상에서 공연. 12월 31일 윌리엄의 동생 배우 에드먼드 셰익스피어 매장(12.31).	7월~11월, 전염병으로 극장 폐쇄.
1608 (44세)	수재나의 장녀 엘리자베스 출생(2.8.세례). 모친 메리 사망(9.9. 매장). 〈안토니와 클레오파트라〉 등록(5.20). 〈리어 왕〉 양과 악의 중간판본 출판.〈페리클레스〉 집필(1608~1609), 등록(5.20).	시인 존 밀턴 출생. 8월 9일, 국왕극단이 블랙프라이어즈 극장 임대권 매입.
1610 (46세)	윌리엄, 고향에 은퇴. 〈겨울 이야기〉 집필(1610~1611).	2월, 제임스 1세 의회 폐쇄.
1611 (47세)	〈심벨린〉 관극(4월 하순) 기록(점성가 사이먼 포맨). 〈겨울 이야기〉 글로브극장에서 공연(5.15). 〈템페스트〉 집필(1611~1612). 동년 궁정에서 공연(11.1).	흠정(欽定)영역성서 출판.
1612 (48세)	〈헨리 8세〉 집필(1612~3).	태자 헨리 사망.

연도	윌리엄 셰익스피어	시대 배경
1613 (49세)	2월 4일 동생 리처드 매장. 런던 블랙프라이어즈 지구에 140파운드를 들여 게이트 하우스(Gate-House) 구입.	〈헨리 8세〉 공연 중(6.29) 글로브극장 소실. 곧 재건립 착수.
1614 (50세)	글로브극장 6월 준공(1400파운드 소요됨).	호프극장 건립.
1615 (51세)	〈리처드 2세〉(제5쿼토판) 출판(90월).	조지 채프먼이 호메로스의 『오디세이』 완역.
1616 (52세)	1월 26일경, 윌리엄 유언장 작성. 차녀 주디스가 토머스 퀴니와 결혼(2.10). 유언장 수정, 서명(3.25). 4월 23일 윌리엄 셰익스피어 사망. 스트랫퍼드 홀리 트리니티교회에 매장(4.25). 11월 23일, 토머스와 주디스의 아들 셰익스피어 세례. 『루크레스의 능욕』 출판.	1월 6일 헨슬로 사망.
1623	8월 6일, 윌리엄의 아내 앤 사망(67세). 11월 8일 윌리엄의 전집 첫 폴리오판이 셰익스피어의 동료배우들인 존 헤밍스와 헨리 콘델에 의해 출판.	

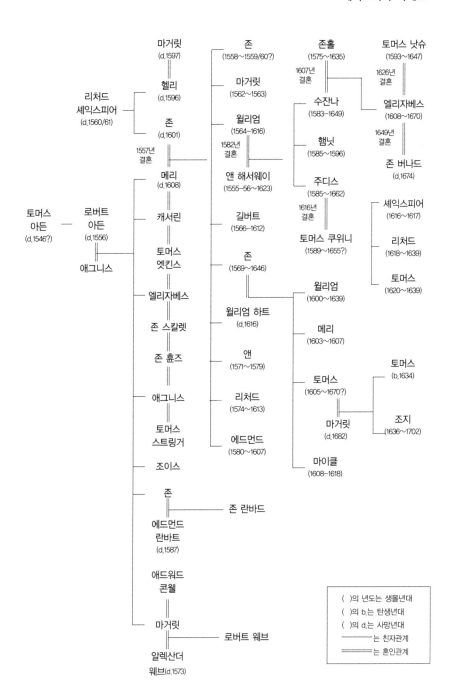

셰익스피어 가계도

( )의 년도는 생몰년대
( )의 b,는 탄생년대
( )의 d,는 사망년대
───── 는 친자관계
═════ 는 혼인관계

장미전쟁 역사극의 가계도

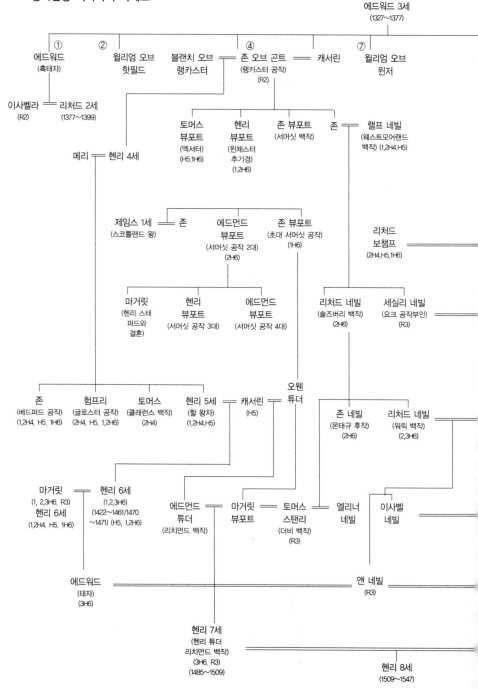

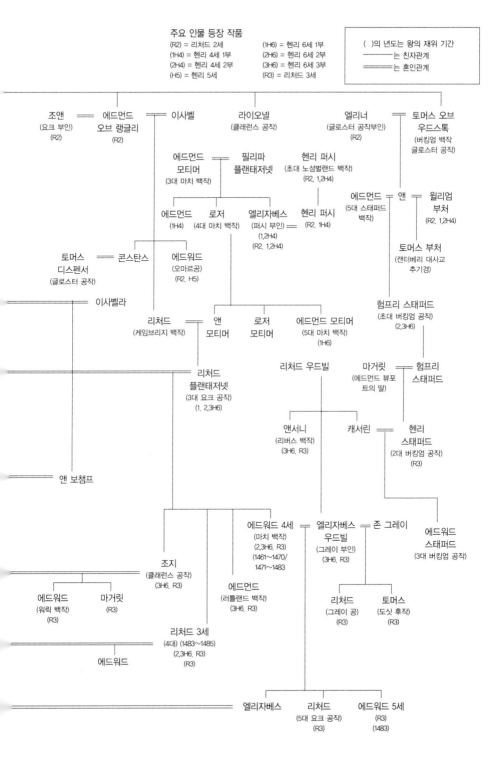

주요 인물 등장 작품
(R2) = 리처드 2세
(1H4) = 헨리 4세 1부
(2H4) = 헨리 4세 2부
(H5) = 헨리 5세

(1H6) = 헨리 6세 1부
(2H6) = 헨리 6세 2부
(3H6) = 헨리 6세 3부
(R3) = 리처드 3세

( )의 년도는 왕의 재위 기간
──── 는 친자관계
════ 는 혼인관계

조앤
(요크 부인)
(R2)

에드먼드
오브 랭글리
(R2)

이사벨

라이오넬
(클래런스 공작)

엘리너
(글로스터 공작부인)
(R2)

토머스 오브
우드스톡
(버킹엄 백작
글로스터 공작)

에드먼드
모티머
(3대 마치 백작)

필리파
플랜태저넷

헨리 퍼시
(초대 노섬벌랜드 백작)
(R2, 1,2H4)

에드먼드
(5대 스태퍼드
백작)

앤

윌리엄
부처
(R2, 1,2H4)

에드먼드
(1H4)

로저
(4대 마치 백작)

엘리자베스
(퍼시 부인)
(1,2H4)
(R2, 1,2H4)

헨리 퍼시
(R2, 1H4)

토머스 부처
(캔터베리 대사교
추기경)

토머스
디스펜서
(글로스터 공작)

콘스탄스

에드워드
(오마르공)
(R2, H5)

험프리 스태퍼드
(초대 버킹엄 공작)
(2,3H6)

이사벨라

리처드
(케임브리지 백작)

앤
모티머

로저
모티머

에드먼드 모티머
(5대 마치 백작)
(1H6)

리처드 우드빌

마거릿
(에드먼드 뷰포
트의 딸)

험프리
스태퍼드

리처드
플랜태저넷
(3대 요크 공작)
(1, 2,3H6)

앤 보챔프

앤서니
(리버스 백작)
(3H6, R3)

캐서린

헨리
스태퍼드
(2대 버킹엄 공작)
(R3)

에드워드 4세
(마치 백작)
(2,3H6, R3)
(1461~1470/
1471~1483

엘리자베스
우드빌
(그레이 부인)
(3H6, R3)

존 그레이

에드워드
스태퍼드
(3대 버킹엄 공작)

조지
(클래런스 공작)
(3H6, R3)

에드먼드
(러틀랜드 백작)
(3H6, R3)

리처드
(그레이 공)
(R3)

토머스
(도싯 후작)
(R3)

에드워드
(워릭 백작)
(R3)

마거릿
(R3)

리처드 3세
(4대) (1483~1485)
(2,3H6, R3)
(R3)

에드워드

엘리자베스
(R3)

리처드
(5대 요크 공작)
(R3)

에드워드 5세
(R3)
(1483)

영국 왕가 족보 (1)

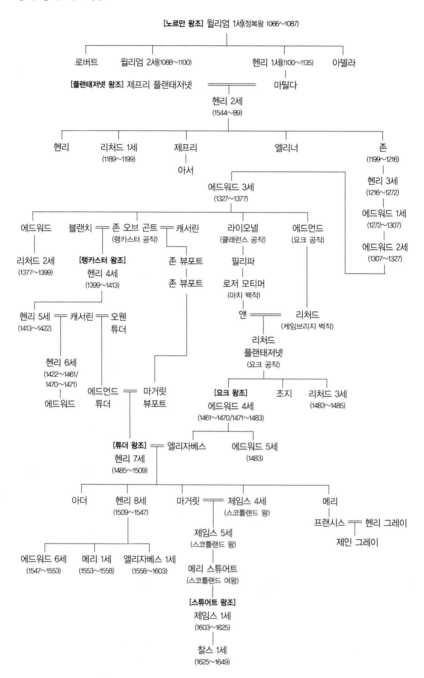

[노르만 왕조] 윌리엄 1세(정복왕 1066~1087)

로버트　윌리엄 2세(1088~1100)　헨리 1세(1100~1135)　아델라

[플랜태저넷 왕조] 제프리 플랜태저넷 ═══ 마틸다

헨리 2세
(1544~89)

헨리　리처드 1세
(1189~1199)　제프리　엘리너　존
(1199~1216)

아서

에드워드 3세
(1327~1377)

헨리 3세
(1216~1272)

에드워드 1세
(1272~1307)

에드워드 2세
(1307~1327)

에드워드　블랜치 ═ 존 오브 곤트 ═ 캐서린
(랭카스터 공작)　라이오넬
(클래런스 공작)　에드먼드
(요크 공작)

리처드 2세
(1377~1399)

[랭카스터 왕조]
헨리 4세
(1399~1413)

존 뷰포트

존 뷰포트

필리파

로저 모티머
(마치 백작)

헨리 5세 ═ 캐서린 ═ 오웬
(1413~1422)　튜더

앤 ═══ 리처드
(케임브리지 백작)

리처드
플랜태저넷
(요크 공작)

헨리 6세
(1422~1461/
1470~1471)

에드먼드 ═ 마거릿
튜더　뷰포트

[요크 왕조]
에드워드 4세
(1461~1470/1471~1483)

조지　리처드 3세
(1483~1485)

에드워드

[튜더 왕조] ═ 엘리자베스
헨리 7세
(1485~1509)

에드워드 5세
(1483)

아더　헨리 8세
(1509~1547)　마거릿 ═══ 제임스 4세
(스코틀랜드 왕)　메리

프랜시스 ═ 헨리 그레이

제인 그레이

제임스 5세
(스코틀랜드 왕)

에드워드 6세
(1547~1553)　메리 1세
(1553~1558)　엘리자베스 1세
(1558~1603)

메리 스튜어트
(스코틀랜드 여왕)

[스튜어트 왕조]
제임스 1세
(1603~1625)

찰스 1세
(1625~1649)

영국 왕가 족보 (2)

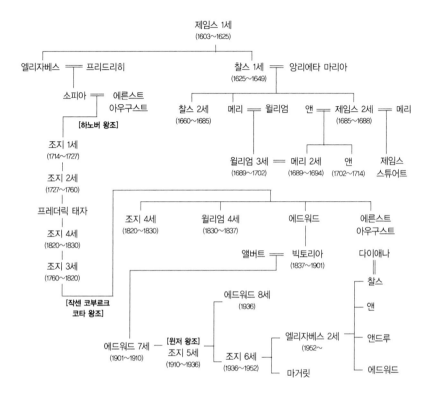

제임스 1세
(1603~1625)

엘리자베스 == 프리드리히

소피아 == 에른스트
　　　　　　아우구스트
　　[하노버 왕조]

조지 1세
(1714~1727)

조지 2세
(1727~1760)

프레더릭 태자

조지 4세
(1820~1830)

조지 3세
(1760~1820)

[작센 코부르크
코타 왕조]

찰스 1세 == 앙리에타 마리아
(1625~1649)

찰스 2세　메리 == 윌리엄　앤 == 제임스 2세 == 메리
(1660~1685)　　　　　　　　　　　(1685~1688)

윌리엄 3세 == 메리 2세　앤　제임스
(1689~1702)　(1689~1694)　(1702~1714)　스튜어트

조지 4세　　윌리엄 4세　　에드워드　　에른스트
(1820~1830)　(1830~1837)　　　　　　아우구스트

앨버트 == 빅토리아　　다이애나
　　　　　(1837~1901)　　　∥
　　　　　　　　　　　　　찰스

에드워드 8세
(1936)

엘리자베스 2세
(1952~)

앤

앤드루

에드워드

에드워드 7세 — [윈저 왕조]
(1901~1910)　조지 5세　조지 6세
　　　　　　(1910~1936)　(1936~1952)

마거릿